KB140568

明代女性作家叢書❼散曲

오래된 그리움
새로운 정
사랑장부에 모두 담아

한국연구재단 2009년 기초연구과제 지원사업 KRF—2009—322—A00093

발간에 부쳐…

2008년 9월 설립된 이화여자대학교 중국문화연구소는 기존 어문학 중심의 연구에서 벗어나, 세부적인 학문 영역에 국한되지 않는 포괄적이고 심도 있는 전문 중국학 연구의 구심점이 되기 위해 노력하고 있습니다. 폭넓은 시야와 안목을 가진 전문 인력을 확보하고 다양한 정보를 공유함으로써 새로운 방법론을 창안할 연구 공간으로의 역할을 모색하고 있습니다. 특히 지역학 및 지역문화 연구, 여성문학 연구, 학제 간 연구를 중심으로 한 차별화된 전략을 통해 학문적 국제경쟁력을 강화하고 있습니다. 또한 급변하는 동아시아 및 국제사회에 적극적으로 대처하기 위해 실용성을 추구하면서 한중양국의 문화 창달에 기여하고 있습니다.

2009년 7월부터 본 연구소 산하 '중국 여성 문화·문학 연구실'에서는 '명대 여성작가 작품 집성—해제, 주석 및 DB 구축'이라는 프로젝트를 수행하게 되었습니다(한국연구재단 2009년 기초연구과제 지원사업, KRF—2009—322—A00093).

곧 명대 여성문학 전 작품을 대상으로 자료를 수집하여 주석, 해제하고 이에 대한 데이터베이스 구축을 위해 방대한 분량의 원문을 입력하는 작업으로, 이미 상당 부분 진행되었습니다. 정리 작업을 진행하면서 중요 작가를 중심으로 작품의 성취가 높은 것을 선별해 일반 독자에게 알리기 위해 연구총서의 일환으로 이를 번역, 출판하게 되었습니다.

이와 같은 연구 성과는 한국·중국 고전문학 내지는 여성문학 연구의 중요한 토대를 마련할 뿐 아니라, 동서양의 수많은 여성문학 연구가들에게 편의를 제공하게 될 것입니다.

이화여자대학교 중국문화연구소
소장 이 종 진

출판 서

이화여자대학교 중국문화연구소는 한국연구재단의 지원 하에 「명대(明代) 여성작가(女性作家) 작품 집성(集成)—해제, 주석 및 DB 구축」이라는 과제를 수행하고 있습니다.

2009년 7월부터 시작된 본 과제는 명대 여성들이 지은 시(詩), 사(詞), 산곡(散曲), 산문(散文), 희곡(戲曲), 탄사(彈詞) 등의 원문을 수집 정리하여 DB로 구축하고 주석 해제하는 사업으로 3년에 걸쳐 진행됩니다. 연구원들은 각자의 전공에 따라 자료를 수집 정리해 장르별로 종합한 뒤 작품을 강독하면서 주석하고 해제하고 있습니다. 이런 과정에서 우수 작가와 작품을 선별하여 출간하는 것이 본 사업의 의의를 확대할 수 있다고 판단되어 연차별로 4~5권씩 번역 출간하는 계획을 수립하였습니다.

본 과제를 수행하는 데는 적지 않은 어려움이 따랐습니다. 첫째는 원 자료 수집의 어려움이었습니다. 북경, 상해, 남경의 도서관을 찾아 다니면서 대여조차 힘든 귀중본을 베끼고, 복사하거나 촬영하는 수고로움을 마다하지 않았습니다.

둘째는 작품 주해와 번역의 어려움이었습니다. 전통시기의 여성 작가이기에 생애와 경력이 거의 알려지지 않은 경우가 대부분이어서 작품 배경을 살피기가 용이하지 않았습니다. 따라서 주해나 작품 해석에서 부딪치는 문제가 적지 않아 이를 해결하는 데 많은 수고가 따랐습니다.

셋째는 작가와 작품 선별의 어려움이었습니다. 명청대 여성 작가에 대한 자료의 수집, 정리는 중국에서도 이제 막 시작된 분야이기 때문에 연구의 축적 자체가 적은 편입니다. 게다가 중국 학계에서는 그나마 발굴된 여성 작가 가운데 명대(明代)에 대한 우국충정(憂國衷情)이 강한 작가를 높이 평가하고 있습니다. 그러나 작품의 가치를 평가할 때 우국충정만이 잣대가 될 수는 없을 것입니다. 연구원들은 기존 연구가 전무하거나 편협한 상황 하에서 수집된 자료 가운데 더욱 의미 있는 작품을 고르기 위해 작품을 다각적으로 분석하고 여러 번 통독하는 수고를 감내했습니다.

우리 5명의 연구원과 박사급 연구원은 본 과제를 수행하기 위해 끝이 보이지 않는 수고를 감내하였습니다. 매주 과도하게 할당된 과제를 성실히 수행했을 뿐만 아니라 출간 계획이 세워진 다음에는 매주 두세 차례 만나 번역과 해제를 면밀히 검토하였습니다. 출간에 즈음하여 필사본의 이체자(異體字) 및 오자(誤字) 문제의 자문에 응해주신 중국운문학회회장(中國韻文學會會長), 남경사대(南京師大) 종진진(鐘振振) 교수에게 감사드리며 아울러 윤독회에 빠지지 않고 참여해 주신 최일의 선생에게 심심한 감사를 전합니다.

본 작품집의 출간을 통해 이제껏 학계에서 간과되어 온 명대 여성작가와 작품들이 널리 알려져 명대문학이 새롭게 조명됨은 물론 명대 여성문학에 대한 평가가 새로워지길 바랍니다. 아울러 한중여성문학의 비교연구가 활발하게 시작되는 계기가 마련되길 기대합니다.

끝으로 본 기획의 가치를 높이 평가하고 쉽지 않은 출간에 선뜻 응해 준 '도서출판 사람들'에 깊은 감사를 표합니다.

2014년 2월

이화여자대학교 중국문화연구소
소장 이 종 진

역자서문

처음에 낯설기만 하였던 명대 여성문학을 접하며, 꾸준히 연구해온 지 거의 5년이 되어간다. 턱 없이 부족한 시간이지만 그래도 5년 정도 면 여유롭게 풍월을 만끽할 수도 있으련만, 아직은 공력이 많이 부족 한 탓인지 여전히 어렵고, 좀처럼 가까워질 수 없는 거리 밖에서 서성 이고 있다. 더욱이 자주 접해보지 못해 생소한, 사실 중국문학에서도 비주류로 인식되고 있는 산곡을 대하는 첫 느낌은 그야말로 당황스러 움 그 자체였다.

어떻게 접근해야하는지, 어떤 지점에서 감상의 포인트를 찾아야하 는지 참으로 막막하였다. 그래도 장님이 코끼리 다리 더듬듯 서툴지만 한 걸음씩 다가갔고, 그만큼 시간이 흘러가니 이제야 우리가 더듬어왔 던 코끼리의 모습 전체를 어렴풋이 감지하게 되었다. 그런데 막상 코 끼리의 진면목을 알게 되니 그 세계는 그야말로 신천지였다. 거기에는 인생의 고통과 즐거움, 참맛을 제대로 느끼고 간 여성들의 목소리들이 가득 차 있었던 것이다.

명대 여성 산곡에 대한 연구를 처음 시작하는 데 가장 어려운 점은 연구의 방향을 구체적으로 제시해줄 가이드라인이 없다는 것이다. 산 곡 연구 자료가 상대적으로 부족한 데다 대부분 남성문인 위주로 논의 되어왔고, 무엇보다 여성 산곡의 작가 리스트며 작품 수 등 가장 기본 적인 정보조차도 체계적으로 알려주는 연구가 드물었다. 그래서 한국 의 도서관은 물론 북경, 상해, 남경, 대만 등 중국의 주요 도서관을 찾 아다니며 자료를 찾고, 여타 작품집들을 일일이 뒤지며 하나하나 주옥 같은 작품들을 발굴해내었다.

우선 황아(黃娥)나 서원(徐媛), 양맹소(梁孟昭) 등 이미 많이 알려진 작가의 작품들은 『전명산곡(全明散曲)』에서 쉽게 찾을 수 있었지만, 『전명산곡』이 1994년 사백양(謝伯陽)이라는 근대 학자에 의해 정리된 것이기에 누락된 작가들이 있을 수밖에 없었다. 그 중 명말청초(明末淸初)의 시기에 활동하였던 작가들의 경우, 작품이 『전청산곡(全淸散曲)』에 수록된 경우도 적지 않아 『전청산곡』을 참조하였고, 『괘지아(掛枝兒)』, 『청루시화(靑樓詩話)』, 『청루운어(靑樓韻語)』, 『음홍집(吟紅集)』, 『견호집(堅瓠集)』 등에서 몇몇 작가의 작품들을 수집하여 명대 여성 산곡의 작품들을 총체적으로 아우르게 되었다.

한 명의 작가, 하나의 작품이라도 놓치지 않으려고 최대한 노력한 결과, 여섯 번째 총서로 출간된 황아를 제외한 총 29명 작가의 작품 97수(소령 83수, 투수 14수)를 수집하여 이를 번역, 출판하게 되었다. 명대 여성 산곡과 관련하여 현재 전해지는 거의 모든 작품들을 수록한 것으로 그만큼 학술적으로도 가치와 의미가 있다고 할 수 있다.

원문의 뜻에 더욱 가까이 다가가기 위해 읽고 또 읽고 수정하는 과정만 벌써 몇 년째, 그렇게 시간을 끌어왔으나 여전히 부족한 점이 남아 있다. 하지만 그 어찌할 수 없는 빈틈들을 이제는 더 이상 붙들고 있을 수 없어 손에서 내려놓는다. 그리고 기쁜 마음으로 여러 독자 선생님들의 질정(叱正)을 기다리며, 한 걸음 더 고전의 숲으로 깊이 들어가고자 한다. 부족한 작업이지만 그 옛날 치열하게 살았던 여성들의 삶을 함께 느낄 수 있어서 그것만으로도 참으로 행복한 시간이었다. 때로 그네들의 진솔한 노랫가락에 시린 마음을 위로받을 수 있었으니까.

늘 열정적으로 독려해주신 이종진 선생님, 윤독회에 나오셔서 도움을 주신 최일의 선생님, 명대 여성 문학을 함께 연구해온 김의정, 강경희, 이은정 선생님께 감사드린다. 그리고 명대 여성 산곡의 가치와 의미를 알아봐주시고, 이를 흔쾌히 책으로 내어주신 도서출판 「사람들」의 사장님께도 감사드린다.

2014년 2월
역주자 삼가 씀

목 차

명대여성작가총서⑦산곡

오래된 그리움
새로운 정
사랑장부에 모두 담아

서원(徐媛)

봄날 규중여인의 그리움(春日閨思)

【월조(越調) · 면탑서(綿搭絮)】

떨어진 꽃이 수놓은 듯 펼쳐지니
풍경이 강다리 주변에 아름답네.
주렴 그림자 희미해지고
새벽 햇살 막 퍼지며 버들가지 끝을 비추네.
능원경의 꽃 조각 닳도록
푸른 눈썹 마지못해 그리고는
먼 북경의 열옹새를 바라보네.
이별의 한이 하늘처럼 아득한데
짧은 탄식과 긴 한숨을 잘라 보내지만
세 번의 임기 지나도록 돌아오지 못하네.

落英鋪繡, 景色艶河橋. 簾影疎疎, 曉日曈曨映柳梢.[1] 鏡花
銷, 翠黛慵描, 盼殺蠮螉塞遠.[2] 離恨天遙, 斷送得短嘆長
吁, 三度瓜期折大刀.[3]

『전명산곡』(『오소합편』)

【해설】 이 작품은 남곡 소령이다. 봄날 규방에서 멀리 떨어져 있는 남편을 그리
워하는 마음을 노래하였다. 서원의 산곡에는 남편 범윤림(范允臨)과 관련 없는
작품이 거의 없다고 해도 무방할 정도인데, 남편과의 이별은 서원에게 창작의

---

1) 曈曨(동롱): 햇살이 퍼지다. 해가 뜨면서 점차 밝아오는 모습을 가리킨다.
2) 蠮螉塞(열옹새): 거용관(居庸關)의 별칭. 북경 창평현(昌平縣) 서북쪽에 있다. 요새
   위에 토실(土室)을 지었는데 땅벌이 집을 지어놓은 것 같아서 열옹새라고 칭해졌
   다. 여기서는 남편 범윤림(范允臨)이 있는 곳을 가리킨다.
3) 折大刀(절대도): 칼머리의 둥근 고리(環)를 부러뜨리는 것. 환(環)은 귀향[還]과 해음
   자로 고향으로 돌아갈 수 없음을 의미한다.

원동력이 되었다. "먼 북경의 열옹새를 바라본다.(盼殺蠮螉塞遠.)"는 표현에서 북경에 있는 남편에 대한 그리움을 느낄 수 있다. 세 번의 임기가 지나가도 남편이 돌아오지 못한다는 묘사는 서원의 애타는 마음과 이별의 한을 더욱 두드러지게 한다.

추운 밤 근심을 쓰다(寒夜書愁)

【선려(仙呂)·계지향(桂枝香)】 제1수

맑은 서리 산길에 떨어지고
어두운 구름 하늘에서 스러진다.
온 사방에 생황소리 번잡하게 울리고
추운 성벽가의 물시계 자주 시간을 알린다.
바람결의 풍경소리 들으니
바람결의 풍경소리 들으니
마치 예전의 우아한 생황 가락 같구나.
내 마음에 더욱 휘감기지만
눈 돌릴 사이 결국 헛되이 사라지리라.
연못가 관사에 사람들 돌아간 후
붉은 문에 적막한 기운 감돈다.

淸霜點嶠, 玄雲天老. 四野來鶖管聲繁,4) 寒堞上漏籌頻報.
聽簷鈴逗風, 聽簷鈴逗風, 恍一似舊日笙歌雅調. 更添我廻
腸縈遶, 轉眼總虛飄. 池館人歸後, 朱門氣寂廖.

4) 鶖管(아관): 생황. 생황 끝에 오리모양이 있어 아관이라 불린다.

【선려(仙呂)·계지향(桂枝香)】 제2수

찬바람 쌀쌀하게 불어대니
황사가 풀을 말아 쥔다.
하늘 얼어 부서지며 눈송이 떨어지는데
구화등 깜박이고 박산로 연기 아득하다.
엄동설한의 기세 밀려드는 바로 이때
엄동설한의 기세 밀려드는 바로 이때
중병에 걸리니 누구에게 알려 달라 청할까?
일상생활은 누가 있어 힘써 줄까?
부질없이 타향의 혼백 넋이 나간다.
등불 앞에서 눈물 다 쏟아내는데
고향 정원에는 벌써 가시나무와 쑥이 자랐으리라.

寒風料峭,⁵⁾ 黃沙捲草. 瑤天凍碎墮瓊芳, 九微燼博爐烟
渺.⁶⁾ 正嚴威勢侵, 正嚴威勢侵, 虰沉疴倩誰相告?⁷⁾ 着冷暖
有誰相勞?⁸⁾ 空自旅魂銷. 泣盡燈前淚, 家園已棘蒿.

---

5) 料峭(요초): 으슬으슬하다. 쌀쌀하다.
6) 九微(구미): 구화등(九華燈). 도교 제의에서 사용되었던 등.
7) 沉疴(침아): 중병.
8) 着(착): ~로 하여금. 사(使)와 같다.
   冷暖(냉난): 먹고 자고 하는 등의 일상생활.

【선려(仙呂)·계지향(桂枝香)】 제3수

세속의 정은 이미 쓸어냈어도
이생의 인연은 다하지 않았네.
이유도 없이 공명이란 두 글자가
내 일생을 얽어매어 영락하게 만들었네.
연못에 비친 맑은 달 바라보니
연못에 비친 맑은 달 바라보니
짙은 어두운 이 밤도 날 밝는 듯하네.
언제쯤 『진고』에 귀의할까?
일찌감치 시끄러운 세속에서 벗어나야겠네.
머리 돌리면 푸른 산 가까이
아름다운 선녀가 소매를 펼치며 부르리.

俗情已掃, 生緣未了. 沒來由兩字功名, 縛絆我一生潦倒. 看
澄月印潭, 看澄月印潭, 恰一似重昏夜曉. 何日遂歸依眞
誥?9) 及早去脫塵囂. 回首靑山近, 仙娃拂袖招.

『전명산곡』(「낙위음」)

【해설】 이 작품은 남곡 중두 3수이다. 추운 밤 타향에서 홀로 지내는 처지에
병까지 얻어 처량하게 된 신세를 한탄하였다. 제3수 중 "이유도 없이 공명이란
두 글자가 내 일생을 얽어매어 영락하게 만들었네.(沒來由兩字功名, 縛絆我一生
潦倒.)"라고 한 표현에서 여러 부임지로 옮겨 다니는 남편에 대한 원망이 묻어나
며 점점 타향살이에 지쳐가는 서원의 내면을 엿볼 수 있다. 서원은 도교에 귀의
하여 선계(仙界)에서 노닐고 싶은 심정을 작품에서 자주 표현하였는데, 이 작품
을 통해 그 계기를 짐작할 수 있다.

---

9) 眞誥(진고): 남조(南朝) 양(梁) 도홍경(陶弘景)이 쓴 도교서적. 여기서는 도교에 귀의하
   는 것을 가리킨다.

깨달음을 얻어 선계를 노닐다(感悟遊仙)

【황종(黃鐘)·탁목아(啄木兒)】제1수

바람과 구름의 자태
덧없는 세속의 인정
흰 구름 푸른 개로 변하듯이 수시로 바뀐다.
내 번뇌의 싹을 잘라내고
일찌감치 본성으로 돌아가야 함을 알겠구나.
귀한 금에서 빠른 소리의 현을 천천히 가다듬으니
아름다운 소리 아득하고 선심은 고요한데
달 아래서 불경 읊조리는 소리 듣기 좋구나.

風雲態, 幻世情, 蒼狗白衣屢變更.10) 識得破是我根芽,11)
早還個本來心性. 瑤琴懶把危絃整, 苕華聲杳禪心靜, 好向
貝葉翻經月下聞.12)

---

10) 蒼狗白衣屢變更(창구백의누변경): 흰 구름이 푸른 개로 변하듯이 수시로 변하다.
   창구(蒼狗)는 전설상의 동물로 청구(靑狗), 천구(天狗)라고도 한다. 세상만사가 변화
   무쌍한 것을 가리킨다.
11) 根芽(근아): 뿌리에서 자란 어린 싹. 여기서는 번민과 고뇌를 가리킨다.
12) 貝葉翻經(패엽번경): 불경.

【황종(黃鐘)·탁목아(啄木兒)】 제2수

여래의 마음
진실로 참됨이 있으니
자비에서 비로소 깨닫는 것이지 사람에게서 깨닫지는 않는다.
하나의 등불 빛이 갠지즈 강 모래에 드리우면
모든 천계의 꽃이 일제히 꽃송이를 흩날린다.
말라버린 우물 아득히 깊어도 두레박줄 없고
부평초는 드넓게 얽혀있어도 정처가 없으니
어찌 떠도는 인생에 부질없이 빠져들 것인가.

如來意, 信有眞, 始悟慈航不悟人.13) 一燈影懸照河沙,14)
諸天花齊散繁英.15) 茫茫枯井深無綆, 洋洋萍蒂渾無定, 何
事浮生空墮沉.

---

13) 慈航(자항): 고해(苦海)에 빠진 중생들을 구제해주는 자비로운 배. 중생을 자비심으로 구제하는 일을 가리킨다.
14) 河沙(하사): 갠지스 강의 모래. 무수히 많은 중생을 비유한다.
15) 天花(천화): 불교용어. 천계(天界)의 꽃.

【황종(黃鐘)·탁목아(啄木兒)】 제3수

꽃잎 끝의 이슬
강물 위의 흔적
물결 좇고 바람에 뒤집히는 것을 금할 길 없구나.
인생에서 날로 늙어감에 사람 근심스럽지만
시간의 수레바퀴 속에서 그 수레바퀴 좇을 필요 있으랴.
하루아침에 기세가 꺾여 황금햇살 다하여
저 무릉의 단풍과 산뽕나무도 쓸쓸히 시드나니
비록 해를 운행하는 위세가 있다 해도 짧은 시간조차 돌이키기 어
려운 것을.

花稍露, 水面痕, 逐浪掀風不耐禁. 人世上日老了愁人, 日輪
中何必去追輪. 一朝勢竭黃金盡, 茂陵楓柘蕭疎冷,16) 總有
轉日的威稜難挽寸陰.17)

---

16) 茂陵(무릉): 한(漢) 무제(武帝)의 능묘(陵墓).
17) 威稜(위능): 위력. 위세.

【황종(黃鐘)·탁목아(啄木兒)】제4수

부처의 모습
불상의 몸
광배의 화관은 일찍부터 연유가 있었네.
감로 떨어뜨리고 맑은 술 베풀며
솔뿌리 찧어 조고반과 함께 찌네.
꽃이 옥 나무에서 피어나는 이 사바세계의 풍경
밝은 달 나날이 변해가는 저 선계의 고요함
또다시 저 한 자락 선계의 음악소리 들려오네.

空王影, 18)　法相身, 19)　寶月華鬘夙有因. 20)　滴甘露布灑醍
醐, 21) 搗松根與雕飯同蒸. 22) 花生琪樹婆娑景, 23) 冰輪宛轉璇
宮淨, 更有那天鼓仙韶一派生. 24)

『전명산곡』(「낙위음」)

【해설】이 작품은 남곡 중두 4수이다.「추운 밤 근심을 쓰다(寒夜書愁)」
라는 작품에서도 확인할 수 있듯이, 서원은 남편의 관직 생활이 순탄치 않아
늘 외롭게 떨어져 지내야하는 상황에 처하면서 공명에 염증을 느끼고, 세속
과의 관계를 끊는 은거생활을 흠모하였다. 이 작품에서도 감로 마시고 소나
무 뿌리 찧어 먹으며 신선세계에서 노닐고 싶은 소망을 표현하였다. '묘
(杳)', '정(靜)', '공(空)', '냉(冷)' 등 글자들을 자주 사용하여 차분하면서
고요한 내면 심리를 드러내었는데, 그래서인지 호방함보다는 처연함이 더
진하게 느껴진다.

18) 空王(공왕): 부처에 대한 존칭.
19) 法相(법상): 불상. 천지 만유(萬有)의 모습.
20) 華鬘(화만): 고대 인도인들이 머리장식에 사용하였던 화관.
21) 醍醐(제호): 맑은 술.
22) 雕飯(조반): 조고반(雕菰飯). 고미(菰米).
23) 婆娑(파사): 불교용어. 사바세계.
24) 天鼓仙韶(천고선소): 선계의 음악.

봄날의 그리움(春思)

【월조(越調)·면탑서(綿搭絮)】 제1수

작은 정원에 봄이 다시 찾아오니
바람 살랑이고 옅은 구름 날리는데
문 밖 푸른 산으로
버들가지 휘감기며 때까치를 전송한다.
원추리 피는 아침에
부드러운 잎에 꽃대 드리우니
마침 곡강에서 시 읊고 술 마시기 좋아라.
옥판으로 문아한 곡을 치자
궁궐 버드나무의 조용하던 봄 꾀꼬리
가지 끝에서 요란하게 지저귀니
취하여 「청평조」를 읊은
비단옷의 한림공봉 적선 이백이 어찌 부러우랴.

春歸院小, 風薄淡雲飄. 戶外山靑, 繚繞吹絲送百勞.25) 萱花
朝, 鴂葉垂條, 正好向曲江詩酒. 玉板文韶,26) 悄陰陰新鶯宮
柳, 百囀枝梢. 爭羨那醉淸平詞調, 錦宮袍供奉謫仙豪.27)

25) 百勞(백로): 새 이름. 때까치(shrike).
26) 韶(소): 순(舜) 임금의 음악. 여기서는 음악을 가리킨다.
27) 供奉(공봉): 관직명. 이백(李白)이 일찍이 이 관직을 맡은 바 있으므로 이백을 가리
킨다.

【월조(越調)·면탑서(綿搭絮)】 제2수

봄추위가 살짝 부채질하여
그 가벼운 깃이 물안개를 이끌어
난간에 향이 어리고
비취 연못에 푸른 옥이 이어진다.
정말 안타깝나니
피리로 고향 노래 불어보지만
여기 쇄엽성과 저기 열옹새는 멀구나.
진실로 편지가 아득해졌으니
물시계 재촉에 규방에서 꿈을 깨고
무성한 왕손초를 하염없이 바라본다.

峭寒微扇, 輕羽逗汀煙. 欄檻香凝, 翡翠池塘碧玉聯. 最堪
憐, 笛引秦川,²⁸⁾ 碎葉城蠨蟧塞遠.²⁹⁾ 信杳魚箋, 金閨夢破催
虬箭, 望斷王孫草色芊.

---

28) 秦川(진천): 섬서성(陝西省)과 감숙성(甘肅省)의 진령(秦嶺) 이북 평원지대. 여기서
는 고향을 노래한 「관산월(關山月)」을 가리킨다.
29) 碎葉城(쇄엽성): 당(唐) 장안(長安) 서쪽에 세워진 요새. 여기서는 서원이 있는 서북
지역을 가리킨다.

【월조(越調) · 면탑서(綿搭絮)】 제3수

붉은 햇살 아지랑이 속에 날리고
새벽빛은 푸른 이끼에 도취되는데
점점이 보이는 푸른 산
푸른 산자락과 맑은 봉우리가 먹색 칠한 듯 늘어섰네.
봄 풍경 쳐다보니
나비는 부드럽고 벌은 시기하는데
무심한 구름에 기운 햇살 좁은 창틈으로 낮게 비치네.
뿌려놓은 듯한 푸른 깔개
매화 향기 감도는 십이 층 누대
옥 생황이 싸늘하게 한 곡을 불고 나니 작은 매화 피어난 듯.

艶紅飛霸, 曉色醉蒼苔. 點點靑山, 翠襦晴螺拂黛排.[30] 覰春
來, 蝶軟蜂猜, 懶雲偏日低窗罅窄. 碧茵如灑, 暗香籠重樓十
二, 玉笙寒吹徹小梅開.[31]

---

30) 晴螺(청나): 고동의 일종. 푸른 산봉우리를 비유한다.
31) 小梅開(소매개): 작은 매화가 피다. 실제로 매화가 피었다기보다는 피리 곡 「매화
락(梅花落)」을 분 것을 가리킨다.

【월조(越調)·면탑서(綿搭絮)】 제4수

미인은 봄이라 나른하고
버들 빛은 채색누각에 한가하네.
주렴 그림자 희미해지자
고요한 정원에서 여인은 추워하네.
언 옥비녀
이슬이 머리카락에 떨어지는데
한 바탕 비에 배꽃은 다 떨어지네.
꾀꼬리 다 자랐고 꽃은 져 가는데
깊이 원망하는 저 텅 빈 침상의 여인
공 세우려고 관산 간 남편을 탓한다네.

美人春倦, 柳色畫樓閑. 簾影疎疎,³²⁾ 寂寞中庭冷珮環.³³⁾ 凍
瑤鈿, 露點風鬟,³⁴⁾ 一番雨梨花落遍. 鶯老花斑,³⁵⁾ 怨殺那空
牀思妾, 怪封侯夫婿在關山.

『전명산곡』(「낙위음」)

【해설】 이 작품은 남곡 중두 4수이다. 봄날 아름다운 풍경을 보며 남편을 그리워
하는 마음을 노래하였다. 제2수에서 "여기 쇄엽성과 저기 열옹새가 멀다(碎葉城
蠮螉塞遠)"고 한 것에서 당시 서원은 사천에 홀로 남고, 범윤림은 북경에서 지내
는 상황이었음을 짐작할 수 있다. 제1수에서 봄날 작은 정원에서 시 읊고 술
마시며 악기 타는 자신을 호방한 이백과 견주기도 하였지만, 제4수에서는 이내
타향에서 홀로 지내는 쓸쓸함, 자신을 홀로 남겨둔 남편에 대한 원망 등의 감정
을 드러내었다.

32) 疎疎(소소): 희미하다.
33) 珮環(패환): 여인을 가리킨다.
34) 風鬟(풍환): 여인의 아름다운 머리카락. 풍환우빈(風鬟雨鬢)이라고도 한다.
35) 花斑(화반): 꽃잎이 떨어져서 땅 위에 무늬를 이루는 것을 가리킨다.

봄날 회포를 쓰다(春日書懷)

【월조(越調)·면탑서(綿搭絮)】 제1수

가벼운 추위가 조금 쌀쌀하더니
붉은 꽃비가 봄 가지에 번지고 나니
푸른 잎은 향초를 돋보이게 하고
버들가지는 고운 나비를 부드럽게 스치네.
버드나무 색이 나고
두견새 우는 소리 작은 이때
돌아갈 일정 점쳐 봐도 금 채찍 들기 어렵네.
옥문관에서 사람은 늙어 가는데
봄이 가도록 조서 오길 바라건만
3년 임기 다하도록 돌아가지 못하네.

薄寒輕悄, 紅雨染春條. 翠襯香芸,36) 一片煙絲軟蝶嬌. 楊柳
色, 子規聲小, 卜歸程金鞭難拗.37) 玉關人老,38) 經春望斷黃
麻詔,39) 三歲瓜期折大刀.40)

---

36) 香芸(향운): 향초. 칠리향(七里香)이라고도 한다.
37) 拗(요): 들다. 효(撬)의 의미이다.
38) 玉關(옥관): 옥문관(玉門關). 서원(徐媛)이 남편 범윤림을 따라 사천성(四川省)에서
    머물며 감숙성(甘肅省) 부근까지 간 일을 가리킨다.
39) 黃麻詔(황마조): 조서. 황마(黃麻)는 원래 조서에 사용되었던 종이를 가리키나 조서
    를 두루 칭하기도 한다.
40) 瓜期(과기): 임기가 차서 교대하다. 과대(瓜代)라고도 한다. 여기서는 서원의 남편
    범윤림의 관직 교체 시기가 다 되었음을 가리킨다.

【월조(越調)·면탑서(綿搭絮)】 제2수

황량한 변방에 머물러 있으니
지는 달이 문과 들보처럼 높은데
흰 이슬 하얗게 내린 정원에
바람 잔 구름 물결 위로 대나무가 솟아있다.
동초 소리 들릴 때
기러기는 하늘가에 아득한데
등잔기름 얼었는지 푸른 불꽃이 웃는다.
강남 고향의 꿈 깨고 나니
사마의 고향 떠나온 심정을 두드리는 듯
언제나 수레에 기름 치고 만리교를 건너갈까.

棲遲荒橄,⁴¹⁾ 落月戶梁高. 露白中庭, 風細雲波竹影抛. 聽銅
焦,⁴²⁾ 旅雁天遙, 凍蘭膏碧熒花笑.⁴³⁾ 江南夢曉, 使司馬離腸
似擣,⁴⁴⁾ 甚日脂車萬里橋.⁴⁵⁾

---

41) 荒橄(황격): 황량한 변방. 서원이 남편을 따라 사천성(四川省)에 살던 시기를 가리킨
   다.
42) 銅焦(동초): 동초(銅鐎). 군영(軍營)에서 사용하는 솥 모양의 타악기를 가리킨다.
43) 碧熒花笑(벽형화소): 등불이 기름이 다하여 푸른 불꽃을 내며 깜박이는 것을 가리
   킨다.
44) 司馬(사마): 남편 범윤림을 가리킨다. 이 구는 자신의 고향 꿈 때문에 남편 또한 고
   향을 떠나온 슬픔으로 고통스러워함을 말하였다.
45) 脂車(지거): 수레바퀴에 기름을 치다. 수레를 타고 행차하는 것을 가리킨다.
   萬里橋(만리교): 사천성 성도(成都) 남쪽에 있는 다리.

【월조(越調)·면탑서(綿搭絮)】 제3수

한바탕 봄바람에
꽃 지고 제비 둥지의 진흙 부서지며
강물에는 꽃물결 넘실대고
비단길에는 이끼 자국이 푸른 동전 모양.
은 병풍은 쳐져있고
작은 부채는 이름난 제 땅의 비단
오색구름 깊은 곳에 악기소리 오르내리네.
계수나무 문의 고운 여인
둥근 달 거울 옥빛에 한기 생기자
이슬방울 낮게 젖어들어 머리칼을 매끈하게 하네.

東風一片, 花落燕泥刊.⁴⁶⁾ 水溢芳瀾, 醉繢苔痕鴨綠錢.⁴⁷⁾ 銀
屛掩, 小扇齊紈, 五雲深抑揚絲管. 桂戶嬋娟,⁴⁸⁾ 團團飛鏡玉
生寒, 露珠低濕滑軟雲鬟.

---

46) 刊(간): 깎아내다. 떼어내다.
47) 醉繢(취힐): 채색비단의 일종. 여기서는 꽃이 떨어진 길을 비유한다.
　　鴨綠錢(압녹전): 청둥오리처럼 푸른 동전. 푸른 이끼의 별칭이다.
48) 桂戶(계호): 계수나무로 만든 문. 화려하고 부귀한 건물을 가리킨다.

【월조(越調)·면탑서(綿搭絮)】 제4수

아홉 갈래 등은 불빛 찬란하니
귀한 등불이 둥근 그림자 드리우는데
언 주렴을 아무렇게나 걷어 올리니
묵지에 잔물결지며 푸른 물결 차갑네.
한가로운 정원 정자
솔바람 불며 밤 깊을 때
난새 타고 날아간 농옥이 정말로 부럽네.
복사꽃 핀 언덕 사이로
막고야 산의 신선은 붉은 얼굴이 옥 같은데
언제나 자줏빛 서린 푸른 소의 꼬리를 얻어 저 함곡관에 이를까.

九枝光燦,⁴⁹⁾ 寶輪垂照圓. 冰簾漫捲, 墨池紋縐綠波寒.⁵⁰⁾ 閑
亭院, 松風夜闌, 眞堪羨嬴女乘鸞.⁵¹⁾ 桃花夾岸, 藐姑仙朱顔
若琬,⁵²⁾ 幾時得尾靑牛紫氣到函關.⁵³⁾

---

49) 九枝(구지): 가지가 아홉 개 달린 등불.
50) 墨池(묵지): 벼루. 붓과 벼루를 씻는 연못.
51) 嬴女(영녀): 진(秦) 목공(穆公)의 딸 농옥(弄玉). 진 목공의 성이 영(嬴)이었기에 농
   옥을 영녀라고 부른다. 『열선전(列仙傳)』에 의하면, 농옥은 퉁소를 잘 부는 소사(蕭
   史)를 따라 봉황을 타고 떠나 신선이 되었다고 한다.
52) 藐姑(막고): 막고야(藐姑射). 신선들이 사는 곳. 『장자(莊子)·소요유(逍遙游)』에 의
   하면, "막고야라는 산에는 신선들이 살고 있는데 피부가 마치 얼은 눈 같다(藐姑射
   之山有神人居焉, 肌膚若冰雪)"고 한다.
53) 靑牛(청우): 신선들이 타고 다니는 소.
   函關(함관): 함곡관(函谷關). 중원(中原)으로 들어가는 관문. 여기서는 서원의 고향
   인 소주(蘇州)로 가는 첫 관문을 의미한다.

【월조(越調)·면탑서(綿搭絮)】 제5수

스러지는 노을이 꼭두서니처럼 붉고
북두칠성이 난간가에서 옮겨가는데
서성이며 가만히 보니
벽계산의 관문 너머 봉화불이 성하구나.
하늘가의 풀
푸른색이 진천까지 가득하지만
회문시는 형양에서 기러기와 함께 돌아온다.
누대에 오른 왕찬처럼
평원의 고향 동산 바라보는데
이제는 할미새 우는 들판에 꽃이 시들겠구나.

殘霞如茜, 玉斗轉闌干. 徘徊凝望, 碧鷄關外漲狼煙.54) 天涯
草, 綠滿秦川,55) 錦字書衡陽回雁.56) 登樓王粲,57) 盼殺平原
舊苑, 到如今花老鶺鴒原.58)

---

54) 碧鷄(벽계): 사천성(四川省) 서창시(西昌市)에 있는 산 이름.
　　狼煙(낭연): 봉화. 전쟁을 비유한다.
55) 秦川(진천): 섬서성(陝西省)과 감숙성(甘肅省)의 진령(秦嶺) 이북 평원지대.
56) 錦字書(금자서): 전진(前秦)의 소혜(蘇蕙)가 남편 두도(竇滔)에게 보낸 회문시(回文詩).
57) 王粲(왕찬): 동한(東漢) 시기 건안칠자(建安七子) 중 한 명이다. 대표작으로 「등루부(登樓賦)」가 있으며 호북성(湖北省) 양양(襄陽)에 이를 기념하여 세워진 왕찬루(王粲樓)가 있다.
58) 鶺鴒原(척령원): 할미새 우는 들판. 형제간의 우애를 가리킨다. 『시경(詩經)·소아(小雅)·상체(常棣)』에 "할미새가 들판에 있는데 어려울 때에는 형제가 돕네(脊令在原, 兄弟急難)"라는 구절이 있다.

【월조(越調)·면탑서(綿搭絮)】 제6수

향긋한 풀밭에 비를 적시니
안개 낀 버들색이 희미한데
점점이 보이는 먼 산봉우리
저녁구름 살짝 검은데 채색병풍 앞에 외롭구나.
관문의 느릅 열매 떨어져서
밤 까마귀 놀라 날아오르고
날 저문 텅 빈 정자에 호드기 밤에 울린다.
원앙 벽돌 깔린 길
온통 봄 섬돌에 왕손초가 깔렸건만
좋은 시절에 그리워하며 출정 간 이 원망한다.

蘸雨香蕪, 烟籠柳色疎. 遠山幾點, 晚雲微黛畵屛孤. 關楡
墮, 驚飛夜烏, 空亭暮靑笳夜呼. 鴛鴦甃路, 遍春墀王孫草
舖,59) 對芳辰結思怨征途.

『전명산곡』(『낙위음』)

【해설】 이 작품은 남곡 중두 6수로 봄날 규방에서 느끼는 회환을 표현하였다. 서원이 고향인 소주를 떠나 범윤림의 임지인 사천으로 함께 갔다가 서원만 홀로 남고, 범윤림은 다시 북경으로 떠난 상황에서 쓴 것으로 추정된다. 눈앞의 풍경을 섬세하게 포착하여 이를 묘사하면서 타향에서 지내는 외로움, 고향을 그리워하는 마음, 남편에 대한 그리움과 원망 등의 심정을 함께 잘 드러내었다.

---

59) 王孫草(왕손초): 왕손초가 무성한 것은 새 봄에 풀이 돋아나듯 나그네가 돌아오는 것을 가리킨다.

봄(春)

【선려(仙呂)·기생초(寄生草)】 제1수

곱고 연한 가지 향긋한 숲에 모여 있고
날리는 버들개지 푸른 웅덩이에 쌓여있는데
풀빛 옥 계단에 잠자리가 누워있네.
궁궐 근처 길에는 봄 풍경 무수한데
득의양양한 새벽 기운 층층난간 넘어오네.
봄 강물이 밤에 불었는지 나 몰라라
유리알 흩어지는 맑은 연못 바라보네.

嬌軟香林簇, 飛絲疊翠窩,⁽⁶⁰⁾ 玉堦草色蜻蜓臥. 銅駝紫陌春
無數,⁽⁶¹⁾ 揚揚曉氣重欄度. 不知生水夜來多, 見銀塘迸破玻
璃顆.

---

60) 飛絲(비사): 버들개지를 가리킨다.
61) 銅駝(동타): 구리로 만든 낙타. 위(魏)의 수도 업성(業城)에 세워진 것으로 도성의
   궁궐이나 그 나라의 운명을 비유한다.

여름(夏)

【선려(仙呂)·기생초(寄生草)】제2수

오린 듯한 홰나무의 그늘 언덕에서
상죽 대자리에 채색비단 덮어놓고
한밤중에 그네 타니 향기로운 쪽머리 풀어지네.
얇은 비단옷에 장미이슬 번져 촉촉해지고
반딧불이 반짝반짝 수정주렴에 부딪치네.
등불연기가 채색병풍 그림을 휘감는데
연꽃 물가에서 부채 기댄 채 달무리 아래 잠드네.

翠剪槐陰塢, 湘簟抹畫羅, 鞦韆月午香鬟墮. 輕紈暈濕薔薇
露, 流螢煇煇晶簾撲.(62) 蘭膏繚臱綵屏圖, 荷汀倚扇烘雲
宿.(63)

---

62) 煇煇(천천): 반짝반짝. 빛나다.
63) 烘雲(홍운): 달무리. 원래는 구름을 그려서 달을 표현하는 기법으로 홍운탁월(烘雲托月)이라 한다.

가을(秋)

【선려(仙呂)·기생초(寄生草)】 제3수

화려한 우물은 오동나무 구름이 지키고
대나무는 흰 옥가루가 펴져있는데
밝은 달이 원앙 대문에 반쯤 숨어있다.
가을 이슬 배꽃 휘장에 마구 떨어지는데
난초는 향 그윽한 흰 꽃을 웃으며 피워낸다.
규방 여인 그리움으로 「산상채미무」를 읊조리다
왕손 계실 장대로가 아득해 보여 슬퍼한다.

金井桐雲護, 琅玕玉粉鋪,[64] 冰輪半隱鴛鴦戶. 秋零亂灑梨
花幕, 香蘭笑吐芬幽素. 閨人凝思咏蘼蕪,[65] 悵王孫望杳章
臺路.[66]

---

64) 琅玕(낭간): 푸른 대나무를 비유한다.
65) 蘼蕪(미무): 고악부(古樂府) 「산상채미무(山上采蘼蕪)」. 「산상채미무」에 "산에 올라
　　궁궁이를 캐었는데 산을 내려오다 옛 남편을 만났네(山上采蘼蕪, 下山逢故夫)"라는
　　구절이 있다. 남편을 만나고 싶은 작자의 마음을 가리킨다.
66) 章臺路(장대로): 한(漢) 시기 장안(長安)의 길 이름. 기루(妓樓)가 모여 있는 번화가
　　를 가리킨다.

겨울(冬)

【선려(仙呂)·기생초(寄生草)】제4수

눈 덮인 고개에 붉은 꽃도 얼어붙고
밤 추위에 매화가지도 수척한데
단향은 흩어지고 보드란 안개 잠기었네.
기이한 꽃 송이송이 흰 솜을 날리는데
둥둥 변새의 북소리가 길거리에서 순라 도네.
얇은 비단 이불에 평온하게 미인은 취했는데
털 융단에 달빛 싸늘해지며 조각 난간에 날 저무네.

雪嶺臙脂凍, 宵寒瘦玉柯,67) 香檀渰渰柔煙鎖.68) 奇花點點
飄瓊絮, 棚棚戍鼓街頭邏.69) 鮫綃褥穩麗人酡,70) 氍毹月冷
雕欄暮.

『전명산곡』(「낙위음」)

【해설】이 작품은 복곡 중두 4수이다. 규방에서 바라보는 정원의 풍경을 사계절의 변화에 따라 각기 다른 카메라 앵글을 사용하여 세밀하게 포착하였다. 여기에 글자 하나하나마다 고심하여 섬세하게 묘사하였으니 서원을 가히 '언어의 마술사'라 하여도 손색이 없는 작품이다. 「가을」 중 「산상채미무」를 읊조린다는 대목에서 서원이 홀로 지내면서 남편과 만나기를 간절하게 기다렸음을 알 수 있다.

---

67) 玉柯(옥가): 매화 가지를 가리킨다.
68) 渰渰(심심): 어지럽게 흩어지는 모습.
69) 棚棚(붕붕): 굳세고 강한 소리를 형용한다.
70) 酡(타): 술을 마신 뒤 얼굴이 발그레해지다.

봄(春)

【선려입쌍조(仙呂入雙調)·강아수(江兒水)】제1수

한식날 부엌에는 불이 없고
청명절 강물이 볏모에 뿌려질 때
제비는 옛 둥지 돌아와 새 진흙을 올리네.
연못에는 봄 새벽에 궁궁이 풀 자라는데
장기판을 대숲에서 한가롭게 감상하네.
집안 정원의 그네는 가볍게 흔들리는데
향긋한 봄비가 보슬보슬
버드나무 가지 끝에 떨어지며 고운 싹 틔우네.

寒食厨無火, 清明水濺秧, 燕歸舊壘把新泥上. 池塘春曉蘪
蕪長,[71] 棋枰竹塢閑清賞.[72] 院宇鞦韆輕颺, 香雨絲絲, 點破
柳梢嬌放.

---

71) 蘪蕪(미무): 궁궁이의 싹으로 잎에서 향기가 난다.
72) 竹塢(죽오): 대숲이 무성한 산속의 평지.

여름(夏)

【선려입쌍조(仙呂入雙調)·강아수(江兒水)】 제2수

석류꽃 피는 오월
정원의 나비날개는 노랗게 물들고
푸른 연못의 물방울은 연못 가운데서 출렁이네.
검은 쪽머리와 푸른 눈썹 단장한 여인들 삼삼오오
붉은 상아 박자 판 맞춰 나직이 노래하네.
「별포가」 부르며 연 따는 배 출렁이지만
이별 포구의 연 따는 배도 함께 흔들대는데
목란 노 일제히 저으며
푸른 부평초 뜬 흰 물결을 가르네.

五月榴花吐, 園林蝶粉黃,73) 翠盤珠露池心漾. 玄鬘碧黛粧
兩兩, 紅牙象板低低唱. 別蒲蓮舟相蕩,74) 蘭槳齊開, 攪破
靑萍白浪.

---

73) 黃(황): 노랗게 물들다. 나비의 날개가루에 석류꽃의 노란 꽃가루가 묻은 것을 가
리킨다.
74) 別蒲(별포): 송(宋) 석사범(釋사범)이 지은 시 제목. 포(蒲)가 포(浦)의 오자인 듯하
며 '이별 포구'로 풀이된다.

가을(秋)

【선려입쌍조(仙呂入雙調)·강아수(江兒水)】 제3수

안개 걷힌 언 하늘은 옅은 빛이고
수정처럼 찬 물가 전각 서늘한데
맑디맑은 푸른 그림자에 옥 궁궐이 드러나네.
맑은 달빛이 밤 깊도록 승로반에 떠있는데
가을 밤 신선의 누대에서 나는 옥피리소리.
밝은 달 뜬 관산에서 맑게 울리는데
청아한 소리 날리며
수놓은 비단휘장 안으로 들어오네.

霧捲冰天薄, 晶寒水殿涼, 盈盈碧影琁宮敞.75) 淸光夜永浮
仙掌,76) 秋宵玉笛瓊樓上. 明月關山嘹喨,77) 逸響飄揚, 送
入繡緯羅幌.

---

75) 琁宮敞(선궁창): 선궁은 달을 비유한다. 창은 '드러나다', '나타나다'의 뜻으로 어슴
   푸레한 그림자로 인해 달이 더욱 선명하게 빛나는 것을 가리킨다.
76) 仙掌(선장): 승로반(承露盤). 한(漢) 무제(武帝)가 신선사상을 추구하여 건장궁(建章
   宮) 신명대(神明臺)에 신선 동상을 세웠는데 청동쟁반과 옥 술잔을 들고 있어서 천
   상의 이슬을 받았다고 한다.
77) 嘹喨(요량): 소리가 맑게 울리다.

겨울(冬)

【선려입쌍조(仙呂入雙調)·강아수(江兒水)】제4수

가벼운 버들개지 거위 털처럼 쌓이는데
추위가 비취색 창가에 매섭고
동물화로의 연기가 자욱하네.
푸른 서리가 맑은 구슬 그물을 가늘게 엮었고
찬바람과 엷은 안개가 서재 휘장을 스치며 지나가네.
북녘의 찬 호드기소리 비장하게 울리는지라
황량한 변방에서
오랑캐 말 날뛰는 북경의 전운을 아득히 바라보네.

輕絮鵝毛疊, 寒驕翡翠窗, 獸爐煙火氤氳恍. 青霜細結明璣
網, 冷風淡靄穿書幌. 朔氣寒笳悲壯, 邊塞荒涼, 胡馬薊雲遙
望.78)

『전명산곡』(「낙위음」)

【해설】이 작품은 남곡 중두 4수이다. 계절마다 풍경의 변화를 잘 포착하여 각각
색다른 분위기를 표현해내었다. 「봄」에서는 따뜻하고 한가한 정원의 정취를, 「
여름」에서는 활기 넘치는 강가의 풍경을, 「가을」에서는 호젓하고 차가운 밤의
정경을, 「겨울」에서는 눈 오는 날 아늑하면서도 쓸쓸한 규방 안의 운치를 표현하
였다. 「겨울」의 "황량한 변방에서 오랑캐 말 날뛰는 북경의 전운(戰雲)을 아득히
바라보네.(邊塞荒涼, 胡馬薊雲遙望.)"라는 구절에서 서원이 사천에서 홀로 지내면
서 북경에 있는 남편을 그리워했음을 짐작할 수 있다.

78) 薊雲(계운): 북경(北京)의 전운(戰雲). 범윤림이 북경에 가았던 것으로 추정된다.

【상조(商調)・이랑신(二郎神)】

붉은 난간 옆에서
날리는 눈꽃 몇 송이를 보는 사이
화로에서 하늘대는 가벼운 연기 푸른 실 되며 사위네.
성긴 격자창 서늘하여
솨-아 살쩍머리에 가을이 온 듯
등불 꺼진 작은 관사에 들려오는 옥피리소리 부드럽네.
타향살이 서글픔에 슬프고 불안하여
거닐면서 고향을 기억해보니
흰 부평초 나루터에 목란 배 매두었는데
쓸쓸해진 옛 보루에는
지금쯤 사슴들이 황폐한 언덕을 어지럽히겠네.

朱闌右, 見幾點冰瑤飛逗, 爐裊輕煙靑縷瘦. 疎櫺料峭, 颸颸
鬢影生秋. 殘燈小舘吹來玉笛聲柔. 旅思羈腸耽病疚, 偶省
起我故國,79) 白蘋渡口曾繫木蘭舟. 凄凉舊壘,80) 今來麋鹿
亂荒丘.

[집현빈(集賢賓)]

변방에서 물시계와 찬 호각 소리 나는데
층루에서 달지는 물 섬을 바라보니
울타리의 개와 닭장의 닭이 별원에서 우는 소리 들리고
주렴 너머 헛되이 빗방울이 서로 부딪히네.
바로 이때 이별한 이는 잠 못 들어
지난날 좋은 집에서 가까이 모시던 일 떠올리네.

---

79) 偶(우): 혼자 서성이다.
80) 舊壘(구루): 옛 보루. 서원의 고향 소주(蘇州)를 가리킨다.

연못가 우물의 봄풀 꿈에선
산호 베개 맡에서
가난의 근심을 속삭인 듯했는데.

戌兒漏鼓寒角擧, 重樓看落月汀洲. 聽籬犬籠鷄別院啁, 隔
簾虛玉鈴兒相扣.⁸¹⁾ 正是離人無寐, 憶往日高堂廝守. 池塘
鴛鴦春草夢,⁸²⁾ 向珊枕畔, 依稀細語窮愁.⁸³⁾

[황앵아(黃鸎兒)]

옛날 노닐던 일 말하지 말아야지
결국 두 눈 가득한 근심으로 바뀔 테니
춤옷과 노래부채가 먼지에 싸였구나.
안개가 푸른 누대 봉하고
누대에 술 달린 휘장 공허한데
봄 신령이 주관치 않아 꾀꼬리와 꽃 원망한다.
멋대로 떠올리자니
옛 근심과 새로운 한이
모두 내 양미간에 맺히누나.

莫語昔時游, 總翻成滿目愁. 舞衣歌扇籠塵垢. 煙封翠樓,⁸⁴⁾
臺空纏幃, 東皇無主鸎花慫.⁸⁵⁾ 謾追求, 舊愁新恨, 幷結我
寸眉頭.

---

81) 玉鈴兒相扣(옥영아상구): 빗방울이 서로 부딪히다. 빗방울이 떨어지며 소리 나는
   것을 가리킨다.
82) 鴛鴦(원추): 기와로 쌓아올린 우물의 벽. 우물을 가리킨다.
83) 依稀(의희): ~인 듯하다.
84) 翠樓(취루): 푸른 칠한 높은 누대. 여인들이 기거하는 곳을 가리킨다.
85) 東皇無主(동황무주): 봄 신령이 주관하지 않다. 봄은 고향에서 남편과 함께 있던
   좋은 시절을 비유한다.

[호박묘아추(琥珀猫兒墜)]

소슬한 석두성
떠가는 남녘 구름 눈으로 전송하자니
희미하던 종릉에 흰 이슬 걷히네.
유유히 흐르는 잔잔한 강물을 바라보니
수심에 이끌리네.
석양지는 버드나무 저 어딘가
하늘가로 돌아가는 배가 보이네.

石頭城蕭瑟,86)　目送楚雲流，隱隱鍾陵白露收.87) 望平江一
帶水悠悠,88) 牽愁. 見幾處衰柳斜陽，天際歸舟.

[미성(尾聲)]

오 궁궐의 화초는 여전히 옛 그대로인데
부모 생각에 먼 하늘가에서 눈물이 눈에 가득한 것을 어쩌랴
돌에 새겨 이름자를 써서 남긴 효녀 조아에게 어찌 비하랴.

吳宮花草還依舊,89) 爭奈我親遠天涯淚滿眸，怎比得勒石曹
娥芳書姓字留.90)

『전명산곡』(「낙위음」)

---

86) 石頭城(석두성): 강소성(江蘇省) 남경(南京)의 청량산(淸凉山)에 있는 성 이름.
87) 鍾陵(종릉): 강소성 남경에 있는 산 이름. 자금산(紫金山)이라고도 한다.
88) 平江(평강): 잔잔한 강. 남경의 장강(長江)을 가리킨다.
89) 吳宮(오궁): 오(吳) 궁궐. 서원의 고향 소주(蘇州)를 가리킨다.
90) 曹娥(조아): 동한(東漢) 회계군(會稽郡) 상우현(上虞縣) 사람. 『후한서(後漢書)』·열녀
　　전(列女傳)』에 의하면, 조아의 아버지가 강물에 빠져 시체가 떠내려가자 조아가 강
　　을 따라가며 17일 밤낮으로 통곡하다가 물에 빠져 죽었기에 당시 사람들이 그녀의
　　효행을 기리기 위해 비석을 세우고 비문을 새겼다고 한다.

【해설】이 작품은 [이랑신(二郞神)], [집현빈(集賢賓)], [황앵아(黃鶯兒)], [호박묘아추(琥珀猫兒墜)], [미성(尾聲)]의 5수로 이루어진 남곡 투수이다. [이랑신], [집현빈], [황앵아]는 사천에서 홀로 지내며 남편을 그리워하는 서원의 심경을 노래하였다. [호박묘아추]를 보건대, 서원이 남경까지 범윤림을 따라가서 전송한 것으로 보인다. 그리고는 범윤림은 북경으로 떠나고, 서원은 홀로 사천으로 돌아갔는데, 그 근처에 있는 고향 소주를 들르지 못하고 곧바로 장강 뱃길을 따라 사천으로 돌아갔다. 남경과 소주와의 거리가 지척인데, 고향에 들르지 못하고 발길을 돌리는 서원의 심정은 얼마나 참담하였을까. [미성]에서는 그저 울면서 떠날 수밖에 없는 자신을 효녀 조아에 비교하며 책망하고 있다. 서원과 범윤림의 행적을 고증하는 데 유용한 자료이다.

▲ 강소성 남경에 있는 백마성(白馬城)

감회에 젖어 지난날 추억하다(感懷追逝)

[신수령(新水令)] 북곡

속세에서의 한 번의 대화 꿈에서도 생생하여
부질없이 반평생을 마음 쓰게 되었다.
그때 수도 북경의 봄빛은 만연했건만
지금 고향은 차가운 안개 속에 희미하다.
헛된 명성은 기와조각처럼 날아가니
헛된 명성은 기와조각처럼 날아가니
첩첩산중에서 외로운 소나무 짝하는 저 높은 구름이 어떠할까.

一番塵話夢栩栩, 空勞了半生心跡. 當日個帝城春色滿, 今
日個故國冷烟迷. 浮名似片瓦飛飛, 浮名似片瓦飛飛, 怎如
那崇雲的伴孤松在萬山深處.

[보보교(步步嬌)] 남곡

선봉에 서서 호랑이를 밟던 공명의 치적
일곱 마리 푸른 용의 기세
까닭 없이 아름답던 문장.
말을 고라니라 인정하며
속마음을 기대었으니
무엇 때문에 굳이 시시비비를 가리랴
파리 떼가 너의 진심을 봐주지 못할 텐데.

衝鋒蹈虎名韁事,[91]　七首蒼龍勢,　無端貝錦詞.[92]　以馬爲

---

91) 名韁(명강): 공명에 사로잡히다.

錦.93)　　憑將心指.94)　　何苦去辨是和非,　青蠅那顧你眞和
似.95)

[절계령(折桂令)] 북곡

깊이 묻어둔 마음 이미 재가 되었으니
위엄 있는 조정에다 어떤 말도 끝내 꺼내지 말라.
이제는 꽃무늬 창틀 적막해지고
차가워진 붉은 부용꽃 휘장 드리웠는데
외로운 관사의 사람도 옛 모습은 아니리라.
세월 감이 여름겨울 보내며 한 해 가는 것과 더욱 같으니
어찌 시간의 추이를 따지랴
근심스런 일 떠맡은 채 돌아갈 방도가 전혀 없구나.
내가 지금 돌아갈 마음 버린 것을 의심하지 말라
어찌하면 계수나무 우거진 산속에서
은자의 고아한 정취를 맞이할 수 있을까.

沉埋了一場心事已成灰, 說甚的鷹揚廊廟總休提.96) 至如今
綺疎櫺寂寞,97) 冷胭脂芙蓉帳掩, 孤舘人非. 度流光更如涉
歲歷寒暑, 那辨推移, 載愁端了無歸計. 我呵如今好息機莫
疑,98) 怎得向叢桂山頭,99) 相邀佳趣.

92) 貝錦(패금): 조개처럼 아름다운 무늬가 있는 비단. 뛰어난 문장을 가리킨다.
93) 以馬爲麋(이마위미): 말[馬]을 고라니라고 하다. 사실이 아닌 것을 사실로 인정하게
　　하는 것을 뜻한다. 지록위마(指鹿爲馬)라고도 한다.
94) 心指(심지): 마음속의 뜻. 지(指)는 지(旨)와 같다.
95) 靑蠅(청승): 파리. 아첨하는 자들을 가리킨다.
96) 廊廟(낭묘): 전각 아래 가옥과 태묘(太廟). 조정(朝廷)을 가리킨다.
97) 綺疎(기소): 꽃모양을 조각한 창틀.
98) 息機(식기): 기심(機心)을 그만두다. 돌아갈 방도를 더 이상 모색하지 않다.
99) 叢桂(총계): 계수나무 숲. 은거(隱居)를 가리킨다. 『초사(楚辭)·초은사(招隱士)』에
　　"계수나무가 산속 깊은 곳에 무성하게 자라네(桂樹叢生兮山之幽)"라는 구절이 있다.

[강아수(江兒水)] 남곡

엄준의 용한 점술 묻지 말고
굴원의 실의한 시 읊지 말아야지.
대개 오행은 이미 전생의 일에서 정해지는 법.
위태로운 조정 구하려고 황금 갑옷 주조하지 말고
땔나무 지고서 어디서 지기와 의기투합할까.
결국은 한바탕 애들 장난인 것을
차라리 숯 갈아 마시고 얼음 삼키며
맨발로 세상에서 미친 척하는 것만 못하리라.

休問君平技,[100]　休吟澤畔詩.[101]　大都來五行已註生前事.
勤王的不把黃金鑄,[102]　負薪的何處投知己.　總是一場兒戲,
到不如去飮炭吞冰, 跣足佯狂塵市.[103]

[안아낙대득승령(雁兒落帶得勝令)] 북곡

고개 돌리니 일은 끝내 어그러지고
천년의 계획은 이미 무너져버렸다.
생각해보면, 그때 화려한 문가에는

---

100) 君平技(군평기): 서한(西漢) 엄준(嚴遵)의 점치는 재능. 『한서(漢書) · 왕공양공포열
전(王貢兩龔鮑列傳)』에 의하면, 엄준은 자가 군평(君平)이고 촉군(蜀郡, 지금의 四
川省) 사람으로 은거하며 벼슬하지 않은 채 성도(成都)에서 점을 치며 살았다고 한
다.
101) 澤畔詩(택반시): 폄적되어 실의한 마음을 노래한 작품. 『초사(楚辭) · 어부(漁父)』에
"굴원이 추방되자 강가에서 노닐었고 못가를 다니며 읊조렸다.(屈原旣放, 游於江潭,
行吟澤畔)"라는 구절이 있다.
102) 勤王(근왕): 위태로운 조정. 임금의 통치가 위협을 받아 동요되는 것을 가리킨다.
103) 도불여(到不如) 두 구: 예양(豫讓)의 일을 가리킨다. 사마천(司馬遷)의 『사기(史記)
자객열전(刺客列傳)』에 의하면, 예양은 자신을 알아준 지백(智伯)의 복수를 위해 조
양자(趙襄子)를 죽이려 하지만 실패한다. 이에 몸에 옻칠을 하여 문둥이로 꾸미고
숯가루를 먹어 목소리까지 바꾼 후 시장에서 맨발로 구걸하고 다니면서 다시 복수
를 꾀하였다고 한다.

비단 장막 늘어섰고
푸른 옥쟁반에는 순채탕과 농어회 벌여있고
자줏빛 포도는 옥 술잔에 떠있으며
조각 난간에는 난초와 혜초 심겨졌고
백화향은 동물향로에서 피어올랐었는데.
원망스럽게도 봄빛이 갑자기 가을 따라 가버리니
예전 일을 열심히 떠올리고 다시 생각함은
내 정신만 부질없이 힘들게 하고 어리석은 짓이라.
아! 다시 한 번 떠올리고 다시 한 번 심취하리라.

回首事總乖離, 千年調已傾欹.104) 想當日個繡戶文楣,105)
列着錦圍. 青玉案張着蓴鱠,106) 紫葡萄泛着瓊卮, 寶雕闌栽
着蘭蕙, 百和香燒着獸灰.107) 怨春輝忽隨秋去, 把從前事猛
追再思, 枉勞我神呆意痴. 呀, 一重提一重心醉.

[요요령(僥僥令)] 남곡

까치 인장은 먼지타서 까매지고
담비 관은 끝내 진흙에 더러워졌구나.
바로 저 높은 누대 꽃밭의 개구리소리에 빠져드니
어찌해야 미인에게 돌아와서 달이 더디 지도록 할까.

鵲印流塵暗,108) 貂冠總汙泥. 便有那層臺花塢蛙聲殢,109)
怎得個環佩歸來月下遲.110)

---

104) 千年調(천년조): 장대한 계획.
105) 繡戶文楣(수호문미): 화려한 문가. 원래는 수놓인 문과 무늬 있는 문미를 가리킨다.
106) 蓴鱠(순회): 순채국과 농어회. 『진서(晉書)』에 의하면, 서진(西晉)의 장한(張翰)이 고
    향에서 즐겨 먹던 음식으로 나중에는 고향을 가리키는 말이 되었다.
107) 百和香(백화향): 온갖 향을 조합하여 만든 향의 이름.
108) 鵲印(작인): 까치모양의 인장. 관직임용의 희소식을 가리킨다. 진(晉) 간보(干寶)의
    『수신기(搜神記)』에 의하면 장호(張顥)가 산 까치가 변해서 된 금 인장을 얻고 나
    서 관직이 태위(太尉)에까지 올랐다고 한다.
109) 殢(체): 빠져들다. 미련(迷戀).

[수강남(收江南)] 북곡

아! 나는 봄 낮 채색 당의 규방에서 따뜻하게 즐길 줄만 알았지
사람 떠나 만날 기약 없을 줄 또 그 누가 알았으랴.
이별의 상황은 겪어도 익숙해지지 않나니
일은 마음과 어긋나네.
노랫소리 내봐도 근심하는 저이의 베개 맡으로 보낼 수 없네.
나는야 눈물이 줄줄 당신 때문에 마음 아픈데
눈물이 줄줄 당신 때문에 마음 아픈데
이야말로 애간장 깊은 굽이의 슬픈 원숭이소리라네.

呀, 我只道畵堂春晝暖樂庭幃,[111] 又誰知人去會無期. 經不
慣別離況味,[112] 事與心違. 按歌喉送不到愁人枕際. 我呵淚
灑灑痛伊,[113] 淚灑灑痛伊. 這的是斷腸深處嶺猿悲.

[원림호(園林好)] 남곡

그윽한 곳에 살면서 산의 은자들과 함께 닭싸움하고
다섯 노인을 모시고 울타리 곁에서 바둑 두리라.
산길에는 마른 솔잎, 쑥, 구기자가 널려있고
종유석 마시고 현지를 먹으며
대지팡이 들고 죽용을 타고 날아오르리라.

住幽居伴山人鬪鷄, 挈五老籬邊奕棋, 徑臥着乾松蓬杞, 吸
石髓餌玄芝,[114] 邛杖擧竹龍飛.[115]

---

110) 環佩(환패): 여인. 미인.
111) 庭幃(정위): 규방. 여인들이 기거하는 곳을 가리킨다.
112) 況味(황미): 사정. 상황.
113) 灑灑(쇄쇄): 끊임없이 이어지는 모양.
114) 石髓(석수): 종유석. 고대에는 약으로 복용하기도 하였다.
115) 邛杖(공장): 사천성(四川省) 공래현(邛崍縣)에서 나는 대나무 지팡이.
　　　竹龍(죽용): 대나무로 만든 용.

[고미주대태평령(沽美酒帶太平令)] 북곡

오리 신발 남기고 돌아간 왕교 일을 보니
오리 신발 남기고 돌아간 왕교 일을 보니
승로반 위에 흰 구름 깃들었다 하네.
옛 친구 방문하러 산음에서 술 싣고 갔다 돌아와서
가기 불러 구슬 찾고 물총새 깃털 줍고
동자가 노래하는 새로 지은 사를 듣네.
무이산 작설차를 끓여서는
소나무 선반 위에 병째로 걸어두고
작은 초가 처마 벽려에 마음 끌리며
연못 안에서 노니는 물고기를 바라보네.
나는야 공명을 좇느라 아침에 동쪽, 저녁에 서쪽 가는 것을 비웃고
갈림길에서 잰걸음 치는 것을 한심하게 본다네.
아! 어지러운 속세의 먼지가 더 이상 내 승복의 두 소매에 묻지 않기를.

看王喬鳬舄歸,116)　看王喬鳬舄歸，仙掌上白雲棲.117)　訪故
友山陰載酒回,118)　　喚秦娥探珠拾翠,119)　　聽靑童演出新
詞.120)　茶烹着武夷雀嘴,121)　松棚上掛着軍持,122)　矮茅簷牽
着薜荔，池塘內覷着遊魚．我呵笑勞名的朝東暮西，白眼看
趨蹌路岐．呀！亂黃塵再不上俺緇衣雙袂.123)

116) 看王喬鳬舄歸(간왕교부석귀): 오리 신발 남기고 돌아간 왕교(王喬)를 보다. 『후한서
　　·방술전(方術傳)』에 의하면, 효명제(孝明帝) 때 상서랑(尙書郞) 왕교가 입궐을 할
　　때마다 거마를 타고 온 흔적이 보이지 않아 몰래 살펴보게 하였더니 들오리가 동
　　남쪽에서 날아왔다. 그물을 쳐서 잡았더니 신발 한 짝만 남았다고 한다.
117) 仙掌(선장): 승로반(承露盤).
118) 山陰(산음): 절강성(浙江省) 소흥현(紹興縣) 일대. 남조(南朝) 유의경(劉義慶)의 『세
　　설신어(世說新語)』에 의하면, 산음(山陰)의 왕휘지(王徽之)가 눈 내린 밤에 섬현(剡
　　縣)에 있는 대안도(戴安道)를 찾아갔다가 문 앞에서 흥이 다하여 그냥 돌아왔다고
　　한다.
119) 秦娥(진아): 가기(歌妓)를 가리킨다.
　　拾翠(습취): 물총새 깃털을 줍다.
120) 靑童(청동): 전설상의 신선 동자.
121) 雀嘴(작취): 작설차(雀舌茶).
122) 軍持(군지): 스님들이 가지고 다니는 물병.

50 ‖ 산곡

[미성(尾聲)] 남곡

파리머리와 달팽이 뿔은 진정 헛된 것이라
기와 베개 맡에서 한바탕 허무한 꿈 깨고 나니
이제부터 문을 푸른 이끼로 막고 신선 세계를 지키리라.

蠅頭蝸角誠虛器,[124]　瓦枕上黃粱一覺起,[125]　從今後門鎖蒼
苔護紫泥.[126]

『전명산곡』(『낙위음』)

【해설】이 작품은 [신수령(新水令)], [보보교(步步嬌)], [절계령(折桂令)], [강아수
(江兒水)], [안아낙대득승령(雁兒落帶得勝令)], [요요령(僥僥令)], [수강남(收江南)],
[원림호(園林好)], [고미주대태평령(沽美酒帶太平令)], [미성(尾聲)]의 10수로 이루
어진 남북곡 합투(合套)이다. 남곡과 북곡을 번갈아가며 운용하여 청려하면서도
호방한 풍격을 보여주고, 여기에 은유, 상징, 풍자 등 다양한 표현 기법이 더해져
문학적 가치가 높은 작품으로 평가될 만하다. 서원은 상징적 묘사를 통해 당시
범윤림이 정치적으로 처했던 억울한 상황을 대변해주고, 그의 뛰어난 기상과 훌
륭한 인품을 칭송함으로써 위로해주고 있다.

　　[신수령], [보보교], [절계령], [강아수], [안아낙대득승령], [요요령] 6
수는 범윤림이 공명에 대한 포부를 안고 북경에서 관직생활을 하였으나 정
치적 생활이 순탄하지 않음을 묘사하였다. [수강남]은 그런 남편을 바라보
며 애가 타는 자신의 모습을 그렸고, [원림호], [고미주대태평령], [미성]
3수는 유유자적하고 소박한 은자의 삶과 속세를 초탈한 신선세계를 갈망하

---

123) 俺(엄): 나. 우리.
　　　緇衣(치의): 검은 옷. 승복을 가리킨다.
124) 蠅頭蝸角(승두와각): 파리머리처럼 작은 글자와 달팽이 뿔에 있는 작은 나라. 세속
　　　적인 가치와 욕망은 부질없다는 것을 의미한다. 『장자(莊子)·측양(則陽)』에 의하
　　　면, 달팽이 뿔에 있는 나라끼리 싸워봤자 그 이득은 보잘 것 없다고 하였다.
125) 黃粱(황량): 황량몽(黃粱夢). 세속적인 욕망이 꿈처럼 부질없다는 것을 의미한다.
126) 紫泥(자니): 자니해(紫泥海). 전설상의 바다 이름으로 신선이 거주하는 곳을 가리킨
　　　다.

는 심경을 드러내었다.

▲서원이 말년에 은거했던 강소성 소주의 천평산장(天平山莊)

양맹소(梁孟昭)

중추절에 달빛이 숨었다 나타났다 흐릿하기에
감회를 부치노라(仲秋月色隱現朦朧寓中感懷)

【상조(商調)·황앵아(黃鶯兒)】

밝은 달도 부끄러운지
겹겹의 구름으로 두루 가려놓았는데
항아 홀로 월궁을 지킨다.
하늘은 맑은 가을빛
사람은 그윽한 경치를 즐기지만
인간세상이나 천상이나 모두 고통스럽다.
그 이유를 생각하면
달이 차고 기울어도
결국 똑같은 근심이로다.

明月也含羞,　把重雲密佈週,　嫦娥獨自蟾宮守.　天成素
秋,[127] 人耽景幽, 人間天上都消受. 想因繇, 盈虛圓缺, 總
是一般愁.

[황앵아(黃鶯兒)]

벌레도 가을을 읊을 줄 알아
내 마음에 근심을 전하는 듯
내 그리움 모두 벌레가 말해주네.
그 탄식소리에 말이 아득해지고
그 소리마다 눈물이 흐르니
마음에 응해 소리 내면 얼마나 흘러나올까.

127) 素秋(소추): 가을. 음양오행에 따르면 가을은 금(金)에 속하고 그 색깔이 흰색이므
로 소추라 한다.

정말로 청아한 노래지만
다행인지 저 달 속에는
이러한 그윽한 소리가 오히려 적구나.

蟲也會吟秋, 似傳儂心上愁, 相思都被他說透. 嗟嗟語悠, 聲
聲淚流, 應心出口何其溜.128) 好淸謳, 幸他月裏, 還少這些
幽.

[황앵아(黃鶯兒)]

구름 짙어지니 고개 들기 두려운데
해마다 이 걱정에 빠지지만
올해는 다른 해보다 훨씬 더 하구나.
가벼운 물결 따라 제멋대로 떠도니
외로운 몸은 나그네 수심이 이는데
하늘가의 가족들도 분명 저 달을 바라보고 있겠지.
한은 아득한데
헤어져 사는 이때
둥글어져서 저 달도 부끄럽겠다.

雲重怕擡頭, 恰年年耽此憂, 今年更比年年又. 輕浪浪遊, 孤
身旅愁, 天涯骨肉應翹首. 恨悠悠, 離居時節, 圓得月兒羞.

[황앵아(黃鶯兒)]

직녀가 견우를 꾸짖길
"어찌 가정을 돌보지 못하나요?
저 달이 둥글어질 수 있는 것이 부러워요."

---

128) 何其(하기): 얼마나.

견우가 그러지 말라 권하길
"원망하고 탓할 필요 있으랴.
저 달이 쓸데없이 둥글기만 한 것이 우습구나."
이유를 따져보면
맑은 빛이 비록 가득해도
그 원기는 여전히 훔친 거니까.

織女罵牽牛, 怎無能家室謀, 羨他月姊能圓透. 牛郎勸休, 何
須怨尤, 笑他也只空圓就. 究因繇, 清光雖滿, 元氣似還偸.

『전명산곡』(『명원시위초편』)

【해설】 이 작품은 [황앵아(黃鶯兒)] 4수로 이루어진 남곡 투수이다. 중추
절은 떨어져 지내던 가족들이 모두 만나 화합을 이루는 명절인데, 이 해 중
추절도 양맹소는 남편 없이 외롭고 쓸쓸하게 지낸 듯하다. 달 속 여신 항아
로 독수공방하는 자신을 비유하였는데, 흥미로운 부분은 제4수에서 직녀가
견우에게 집안을 건사할 능력이 없다고 꾸짖고, 견우가 이에 대꾸하는 장면
이다. 직녀의 목소리를 통해 남편의 경제적인 무능함을 직접적으로 비난하
고 있는데, 작자는 직녀의 목소리를 통해서나마 남편에 대한 원망을 속 시원
하게 풀어낼 수 있었을 터이다. 견우의 대답 또한 직접화법으로 표현하였는
데, 이는 마치 연극의 한 장면처럼 생생한 현장감을 보여준다.

감회(感懷)

【상조(商調)·산파양(山坡羊)】

쏴-아 비 내리는 서늘한 가을날
찌르륵 풀벌레 소리 오열하네.
설령 좋은 마음이더라도 안 좋을 텐데
하물며 답답한 심정이니 어찌 편안할 수 있으랴?
부질없이 탄식하니
두 눈썹만 처지는구나.
스스로 한탄하니 한 순간 짧은 생각으로 가볍게 이별하여
오늘 객사에서 처량하게 피눈물 흘리는구나.
근심하며
고향을 바라보니 구름으로 또 막혀있다.
멍하니
하늘 술잔에 뱀 그림자가 비치는 듯하다.

雨瀟瀟涼秋時節, 韻啾啾寒蟲嗚咽. 便做是好襟懷也要哧
嗻.129) 況兼著悶懷兒恰怎生寧貼.130) 空自嗟, 雙蛾能重耶.
自恨一時短計做了輕離別, 今日旅底淒涼淚珠凝血.131) 愁
些, 望家鄉雲又遮. 癡呆, 似曾天杯影蛇.132)

[산파양(山坡羊)]

129) 便做(편주): 설사 ~하더라도. 설령 ~할지라도.
　　哧嗻(차차): 심하다.
130) 寧貼(영첩): 편안하다.
131) 旅底(여저): 여관. 여저(旅邸)와 같다.
132) 天杯影蛇(천배영사): 술잔 속의 뱀 그림자. 『진서(晉書)·악광전(樂廣傳)』에 의하면,
　　후한(後漢) 급현(汲縣) 주부(主簿) 두선(杜宣)이 술을 마셨는데 술잔에 비친 활 그
　　림자를 뱀으로 잘못 보고 병에 걸렸다고 한다. 공연히 근심하는 일을 가리킨다.

눈물 쏟으며 견디기 어려운 이 세월
한이 아득한데 어찌 즐겁고 기쁠 수 있으랴.
날마다 좋은 꿈을 빌어 혼백을 멀리 보내고
마음 뜨겁도록 사람을 빌게 하는구나.
한탄하고 다시 슬퍼하니
다가오는 수심을 막을 길이 없구나.
탄식하나니 만남과 이별에 상관없이 일생동안 담담하게 지냈는데
오늘 어찌 까닭 없이 마음에도 없는 짓을 꾸며내랴.
슬프구나,
아름다운 두 눈썹 찡그렸다.
슬프구나,
주변도 적막하고 등불 그림자도 기울었도다.

淚汪汪難支的歲月, 恨悠悠怎能得歡悅. 每日假好夢兒都把
魂賒, 恰敎人呪得心兒熱. 恨更嗟, 愁來無計遮. 自歎一生冷
面不慣逢迎訣, 今日怎會無端粧神粧乜.[133] 悲耶, 好雙蛾簇
壞些. 悲耶, 景蕭條燈影斜.

[산파양(山坡羊)]

탄식하노니 낭군은 일 만들기 좋아하는 서풍 나그네
나는 박복한 운명을 탄식하는 동풍 마누라.
부끄러워라, 아내와 자식을 천리 먼 곳에 두고는
자기 혼자 또 하늘가로 떠났구나.
탄식하고 또 탄식하나니
사람도 떠나가고 고향도 저버렸구나.
가여운 것은 귀한 집 자식들이
오늘 어찌 까닭 없이 이웃에서 빌어먹어야 하는가!

133) 粧乜(장먀): 허세부리다. 꾸며내다. 장요(粧么)와 같다.

슬프구나,
아들은 굶주려서 꿈결에 아비를 부르는구나.
슬프구나,
어여쁜 딸은 아비를 그리워하는구나.

歎兒郎愛做的西風客, 使儂嗟薄命的東風妾. 羞殺了託妻孥
千里停車, 獨自個又作天涯別. 嗟更嗟, 人離鄉賤耶.[134] 可
憐也是侯門葉,[135] 今日怎地無端乞隣餔啜. 悲些, 兒飢夢喚
爹. 悲耶, 遙憐女念爺.[136]

[산파양(山坡羊)]

눈을 부릅떠도 돌아갈 기약 말하기 어려우니
날아가는 기러기 떼 그 소리가 처량하네.
갑자기 생각나도 부탁할 데조차 없었으니
이제 헤아려보면 다 잊을까 걱정이네.
근심으로 멍하지만
마치 착 달라붙은 것 같네.
다행히 저 붓으로 고민을 풀어내는데
쓰다 보니 짧은 얘기를 길게 써 버렸네.
아아,
찬바람 불어도 갈옷 입고 탄식했었네.
아아,
궁궁이 캐며 초근목피 먹던 그 시절을 추억하네.

眼睜睜歸期難說, 一行行雁聲凄切. 沒忽地憶來時囑付些,
怕如今料也都忘者. 愁似呆, 渾如着乜邪. 幸他筆解些兒也

---

134) 賤(천) : 버리다. 여기서는 고향을 떠난 일을 가리킨다.
135) 侯門(후문): 제후 집 문. 양맹소의 집안이 원래 명문가였음을 가리킨다.
136) 遙憐(요련): 어여쁘다. 요(遙)는 요(姚)와 통한다.

悶, 來時便把短篇長寫. 嗟嗟, 對寒風絺綌嗟.[137] 嗟嗟, 采
蘪蕪憶五笳.[138]

『전명산곡』(『명원시위초편』)

【해설】이 작품은 [산파양(山坡羊)] 4수로 이루어진 남곡 투수이다. 쓸쓸한 가을
날 처량해진 신세를 한탄한 작품으로 생활고에 시달리며 홀로 힘겹게 전전긍긍
하는 양맹소의 모습이 고스란히 담겨있다. 게다가 어린 자식들이 굶주리면서 아
버지를 그리며 우는 장면에서 작자의 처참한 심경이 그대로 전달되었다. 명망
있는 가문의 딸이었으나 남편을 잘못 만나 힘겹게 살았던 양맹소의 일생을
엿볼 수 있다. 제4수에서 "다행히 저 붓으로 고민을 풀어내는데(幸他筆解些
兒也悶)"라고 한 대목에서 양맹소에게 현실을 탄식하고, 남편에 대한 깊은
원망을 풀어낼 수 있는 유일한 통로가 문학이었음을 알 수 있다. '수사(愁
些)', '비야(悲耶)', '비사(悲些)', '차차(嗟嗟)' 등의 표현들이 반복적으로 사
용되어 감정의 깊이가 더 곡진하게 드러났다.

---

137) 絺綌(치격): 갈포(葛布)의 통칭. 갈포 중에 가는 것을 치(絺), 성긴 것을 격(綌)이라
고 한다. 여기서는 홑옷으로 겨울을 지냄을 가리킨다.
138) 蘪蕪(미무): 미무(蘪蕪). 궁궁이의 싹으로 잎에서 향기가 난다.
五笳(오가): 오가(五笳). 오가(五加). 오가피. 가난한 시절에 먹는 초근목피를 가리킨
다.

십칠일 밤에 달을 반기며 항아를 대신한다(十七夜喜月代嫦娥)

【상조(商調)·황앵아(黃鶯兒)】

단정한 모습으로 월궁(月宮)을 나서며
사람들이 나를 알아볼 수 있는지 궁금한데
인간세상에서 반겨주며 부질없이 놀라 소리치네.
얼음 같은 자태에
풍취를 지녔지만
월궁에 혼자 앉아 있으니 정이 소중한 줄 알겠다.
휘영청 밝은 달밤에
안개구름 펼쳐지니
바람 쐬기 좋구나.

整貌出蟾宮, 問人間可識儂, 紅塵靑眼徒驚哄.139) 冰姿自
容, 豊神自融, 淸虛獨坐情珍重. 夜溶溶, 安排雲霧, 好待受
天風.

[황앵아(黃鶯兒)]

별자리들이 동서에서 시중들고
달빛 펼쳐지는 좋은 밤이 무르익기 전에
떠받드는 옅은 구름조차 남아 있지 않네.
향기 피어나고 이슬 짙어지며
안개 내리고 그림자 공허한데
가만가만 만물은 소리 없이 움직이네.

---

139) 靑眼(청안): 푸른 눈빛을 하며 사람을 반기다. 『진서(晉書)·완적전(阮籍傳)』에 의하
면, 완적은 친한 사람에게는 청안(靑眼)으로 대하고 거만하거나 마음에 들지 않는
사람에게는 백안(白眼)으로 대하였다고 한다.

기품 있게 떠가며

하늘에다 부탁하니

남두성과 견우성을 잘 단속하기를.

星宿侍西東, 展光華夜未中, 纖雲不剩些兒奉. 香生露濃, 煙飛影空, 沉沉萬籟無聲動. 步雍雍,140) 臨虛分付, 好閉斗牛宮.141)

[황앵아(黃鶯兒)]

밝은 혼백 긴 하늘을 떠가며

기쁘게도 오늘밤 자주 구름 사이로 나오면서

태양처럼 산천을 싫어하지 않고 감싸주네.

이때에 나를 비추며

둥근 보름달 되길 기약하니

그믐달을 근심할 필요 없음을 마음으로 알았네.

이슬 자욱한 가운데

하늘의 아름다운 기운은

모두 이 광한궁에 있구나.

晧魄馭長空, 喜今宵度數沖,142) 太陽不厭山川擁. 時相炤儂, 期將望隆,143) 何愁晦朔精神憧. 露濛濛, 一天佳氣, 都在廣寒宮.144)

[황앵아(黃鶯兒)]

---

140) 雍雍(옹옹): 고상하고 품위 있다. 온화하고 부드럽다.
141) 斗牛宮(두우궁): 남두성과 견우성.
142) 沖(충): 충운파무(沖雲破霧). 달이 구름을 뚫고 나오는 것을 가리킨다.
143) 望隆(망융): 보름달의 융성함. 둥근 보름달을 가리킨다.
144) 廣寒宮(광한궁): 달 속의 선궁(仙宮). 당(唐) 현종(玄宗)이 8월 보름날 달구경을 하다 대궁부(大宮府)를 보고 '광한허청지부(廣寒清虛之府)'라고 제(題) 하였다고 한다.

도와주지 않는 조물주라

예상우의곡 연주가 끝나기도 전에

삼성 가로놓고 북두성 기울여 닭이 울게 하네.

인시를 몸소 기다리고

샛별을 공손히 기다리면서

무성한 나무에서 두 가지에 걸쳐지길 좋아하네.

날이 밝아오자

달은 서쪽으로 지고

붉은 해는 동쪽에서 떠오르네.

不做美天公,[145] 度霓裳曲未終, 參橫斗轉鷄聲動.[146] 寅辰
候躬,[147] 啓明俟恭, 婆娑樹愛雙柯共.[148] 影瞳曨,[149] 月兒
西向, 紅日自升東.

『전명산곡』(『명원시위초편』)

【해설】 이 작품은 [황앵아(黃鶯兒)] 4수로 이루어진 남곡 투수이다. 「중추절에 달빛
이 숨었다 나타났다 흐릿하기에 감회를 부치노라(仲秋月色隱現朦朧寓中感懷)」와 주
제도 비슷하고, [황앵아]로 4수를 쓴 것도 같지만, 압운이 달라 색다른 맛을 보여준
다. 제1수에서는 달에서 고고하게 사는 항아에 자신을 비유하였지만, 홀로 지내는
여인의 외로움을 토로하였고, 제2수는 "남두성과 견우성을 잘 단속하기를.(好閉斗
牛宮.)"라고 하면서 견우와 직녀의 만남을 부러워하는 마음을 표현하였다. 제3수는
달밤의 차분하고 호젓한 분위기를 묘사하였고, 제4수는 새벽이 와서 달이 지는 것
을 아쉬워하는 마음을 노래하였다.

145) 做美(주미): 도와주다.
146) 參橫斗轉(삼횡두전): 삼성(參星)이 가로눕고 북두성이 방향을 바꾸다. 새벽이 되는
     것을 가리킨다.
147) 寅辰(인신): 인시(寅時). 새벽 3시에서 5시까지의 시간.
148) 婆娑(파사): 시든 모양. 이 구절은 나뭇가지 사이에 달이 걸린 모습을 가리킨다.
149) 瞳曨(동롱): 햇살이 퍼지다. 해가 뜨면서 점차 밝아오는 모습을 가리킨다.

가을밤의 감회(秋夜感懷)

【남려(南呂)ㆍ나화미(懶畵眉)】

쓸쓸한 계절에는 황혼이 두려워
또 황혼지기 전에 일찌감치 문 닫으라 외치는데
비끼는 바람결에 가는 비가 소란스럽네.
신발 끈 매고서 수줍게 푸른 이끼에 발자국 남기는데
깊은 정원에 사람 없어 눈물 흘리네.

蕭條時節怕黃昏, 又蚤黃昏喚掩門, 斜風細雨鬧紛紜, 履綦
羞蹋蒼苔印,150) 深院無人泣淚痕.

[나화미(懶畵眉)]

등불에 불꽃 없이 그림자만 어둑한데
벌레소리는 소리마다 사람을 슬프게 하니
가을바람 찬 소리에 남몰래 놀라네.
잠자려다 또 이불 적시는 걸 어쩌랴
향로에 비스듬히 기대 눈물 자국 훔치네.

燈輝無焰影沉沉, 蟲語聲聲生弔人, 西風韻冷暗驚神, 尋眠
又奈衾兒潤, 斜倚熏籠拭淚痕.

[나화미(懶畵眉)]

몽롱한 채 홀로 누우니 한이 이제야 사실이 되어

---

150) 履綦(이기): 들메끈. 신이 벗겨지지 않도록 발에다 동여매는 끈.

하늘가 맴돌던 꿈이 조각구름으로 바뀌었는데
놀란 기러기가 그 그림자 따라 강가를 지나가네.
선계의 바람이 속세의 혼령을 이끄는 듯
나부산의 매화 아래로 날려버리네.

朦朧孤枕恨纔眞, 夢繞天涯幻片雲, 驚鴻隨影過江濱, 仙風
似把塵魂引, 吹醒羅浮花底身.151)

[나화미(懶畵眉)]

꿈속에서 변방을 헤매도 멀리서 전하는 소식은 없고
가랑비 부슬부슬 내릴 때 외기러기 울어대니
애절하게 무리를 부르는 것 같네.
불현듯 금 생각이 나서 바삐 기러기발을 고르고
이별의 한을 풀기 어려워 현을 어지러이 뜯네.

夢廻鷄塞遠無聞,152) 細雨濂瀸孤雁嗔,153) 悽悽楚楚似呼羣,
乍增琴思忙和軫, 離恨難消弦亂捫.

『전명산곡』(『명원시위초편』)

【해설】 이 작품은 [나화미(懶畵眉)] 4수로 이루어진 남곡 투수이다. 양맹소의 산
곡에서 유일하게 규방의 풍경을 묘사한 서정적인 작품이다. 쓸쓸한 정원, 처량한
벌레소리, 구름 지나가는 강가 등 가을밤의 감회는 서정적인 운치를 한껏 더해준
다. 남편으로부터 소식조차 오지 않아 마음의 회포를 풀기 위해 현을 어지럽게

---

151) 羅浮(나부): 나부산(羅浮山). 광동성(廣東省) 동강(東江) 북쪽에 있다. 당(唐) 유종원
(柳宗元)의 『용성록(龍城錄)』에 의하면, 조사웅(趙師雄)이 나부산을 노닐 적에 꿈속
에서 좋은 향기가 나는 여자와 함께 술을 마셨는데 날이 밝아 깨어나 보니 커다란
매화나무 아래서 잠을 자고 있었다고 한다.
152) 鷄塞(계새): 계록새(鷄鹿塞). 지금의 내몽고(內蒙古) 등구(磴口) 서북쪽에 있는 요새
로 음산(陰山) 남북을 관통하는 요충지이다. 후대에는 변방의 뜻으로 두루 쓰였다.
153) 濂瀸(염첨): 가늘고 긴 모양. 비 내리는 모습을 형용한다.

연주하는 여인의 모습은 마치 회화의 한 장면을 보는 듯하다.

중추절 삼일 후에 회포를 부치다(中秋後三日寄懷)

【남려(南呂)·일강풍(一江風)】

저 멀리 아득하게
안개와 구름 자욱하게 가로막네.
전당은 어디에 있으며
어디가 내 고향인가?
부질없이 눈물어린 눈으로 멍하니 바라보네.
가을바람에 두 줄기 눈물 흐르고
가을바람에 두 줄기 눈물 흐르고
떠나오니 고향 꿈은 길기만한데
하늘가에서 이 마음 유난히 울적하네.

杳茫茫, 一派煙雲障. 錢塘在那廂? 何方是故鄉? 空教淚眼
成癡望. 西風淚兩行, 西風淚兩行, 離居鄉夢長, 天涯心事偏
怏掌.154)

[일강풍(一江風)]

밤이 막 길어지며
달이 점차 담장 동쪽에서 떠오르네.
풀벌레소리 마디마디 마음 아픈데
서로 부르며 소식 묻느라 바쁘니
내가 꿈속에서 가족에게 안부 묻는 모습 같네.
전해온 소식에 올해는 흉년이라 하고
전해온 소식에 올해는 흉년이라 하고

---

154) 怏掌(앙장): 울적하여 즐겁지 않다.

어찌하여 길흉은 함께 오는지
황폐해진 전원을 그 누가 돌보랴.

夜初長, 月漸牆東上. 蟲聲字字傷, 相呼訊句忙, 似儂夢語詢
親樣. 傳聞歲作荒, 傳聞歲作荒, 奚如災與祥, 田園蕪盡誰爲
掌?

[일강풍(一江風)]

남몰래 그리워하나니
무슨 일로 한가할 때 생각나는가.
근심스런 얼굴에는 날로 고운 빛 사라지고
능화경도 찾지 않으니
눈썹에 기구한 상을 타고났구나.
다른 이에게 고향 소식 물어보고
다른 이에게 고향 소식 물어보고
편지 써서 기러기 날아오길 바라지만
소식이 몇 번이나 잘못 전해졌던가.

暗思量, 底事閒中想.155) 愁容日減芳, 菱花不管央, 眉兒命
帶崎嶇相. 勞人詢故鄕, 勞人詢故鄕, 修書望雁行,156) 幾番
消息傳來誑.

[일강풍(一江風)]

시간은 빨리 가서
기러기 또 울며 구름 속에서 노래하네.

---

155) 底事(저사): 무슨 일.
156) 修書(수서): 편지를 쓰다.

비단옷에 저녁 한기가 두렵고
가을바람에 거센 빗줄기 몰아치는데
다듬이소리는 사람을 멍하게 하네.
먼 곳에 떨어져 있으니
먼 곳에 떨어져 있으니
누가 몸에 맞는 옷을 지어주며
겨울옷 부치려 해도 그 누가 보내주나.

快時光, 雁又嘹雲唱. 羅衣怯晚涼, 西風送雨狂, 砧聲韻得人
癡想. 離居在遠方, 離居在遠方, 誰裁稱體裳? 寒衣欲寄誰
齎往?

『전명산곡』(『명원시위초편』)

【해설】 이 작품은 [일강풍(一江風)] 4수로 이루어진 남곡 투수이다. 오매(吳梅)의
『남북사보(南北詞譜)』에 의하면, [일강풍]은 11구로 이루어져 그 중 제8구와 제9
구가 중첩되지만, 이 작품은 9구로 이루어져 제6구와 제7구를 중첩한 것이 특징
이다. 중추절이 지나도 남편으로부터 소식조차 없고, 명절에 고향으로 가지 못해
우울해하는 심정을 표현하였다. 양맹소의 고향은 전당(錢塘, 浙江省 杭州)으로
당시 작자는 고향을 떠나 객지에서 홀로 남편을 기다리며 살았다. 제4수에서 가
을바람, 거센 빗줄기, 다듬이소리 등을 통해 고향에 대한 그리움, 가족에 대한
걱정 등 복잡한 심경을 형상적으로 묘사하였다.

칠석날의 감회(七夕感懷)

【상조(商調)·집현빈(集賢賓)】

채색구름 하늘가에 막혔는데
다시 무슨 마음으로 견우와 즐길까.
은하수는 흘러가는 강과 바다와는 다른데도
오히려 저 방주를 끝없이 바라보게 하네.
넋이 나가도록 정에 이끌려
양미간만 부질없이 찡그리네.
근심은 달래기 어려워
별 보면서 나직이 빌어볼 뿐이네.

雲霞阻隔天際頭, 更何心貪玩牽牛. 銀漢河殊江海溜, 卻教
人目斷芳洲.157) 魂消情逗, 只落得兩眉空皺. 愁難宥, 止有
個對星低呪.

[집현빈(集賢賓)]

가슴 가득한 이별의 한으로 끝없이 근심하니
무슨 마음으로 견우의 모습을 그리겠나.
달 속의 미인 항아는 혼자서도 살아갈 수 있어서
정이 많아 근심에 빠진 직녀를 비웃는구나.
오늘밤의 고통은
그래도 바라보면서 참아내야 한다네.
근심은 달래기 어려워
다시 등불 대하며 나직이 빌어보네.

157) 芳洲(방주): 향초가 무성하게 자라는 물 섬. 여기서는 은하수에 있는 물 섬을 가리
킨다.

滿懷離恨無限憂，何心爲畵牽牛．月裏佳人能自守，笑多情
織女偏愁．今宵生受，[158] 卻也是眼前消受．[159] 愁難有，更
有個對燈低呪．

[황앵아(黃鶯兒)]

온 하늘에 그윽한 저 별과 달이
인간세상의 걸교 음식을 비추는데
언제 걸교가 이루어진 적이 있던가.
하루 종일 즐겁게 노닐어야지
남들 한다고 따라할 필요 있으랴
어울려 살면서 잘못한 적 없으니 술 한 잔 더하리라.
풍류를 과시해도
본 모습 마주하면
모조리 허세로다.

星月一天幽，炤人間乞巧羞，[160] 何曾乞得些兒有．終朝樂
遊，何須效尤，[161] 綢繆無過添杯酒．逞風流，形骸對面，一
味是胡謅．

[황앵아(黃鶯兒)]

마주하면서 기만하니
거짓말 꾸며낸 것이 가장 부끄러운데
인간세상과 천상만큼 모두 어긋났구나.

158) 生受(생수): 고통스럽다.
159) 消受(소수): 참다. 견디다.
160) 乞巧(걸교): 바느질 솜씨가 뛰어나기를 기도하다. 칠석날 저녁에 부녀자들이 마당
    에 제사상을 차리고 직녀성에 비는 풍습.
161) 效尤(효우): 잘못인 줄 알면서 따라하다.

그가 의심하면 내가 근심하고

내가 의심하면 그가 근심하니

삼성의 환한 빛도 견우성과 직녀성에 미치지 못하네.

바로 이 때문에

아득히 오랜 세월

수많은 시간을 어둡게 보내네.

對面弄虛頭,¹⁶²⁾   鬼胡謅最可羞,¹⁶³⁾   人間天上皆差謬. 他猜
我愁, 儂疑你憂, 三星不及雙星透.¹⁶⁴⁾ 好因繇, 天長地久,
難昧許多時.

[호박묘아추(琥珀猫兒墜)]

두 별 서로 만났으니

얼마나 긴 밤 시간을 빛나고 싶었을까.

만남과 이별, 기쁨과 슬픔이 이 하룻밤뿐이니

그립단 말은 모두 혀끝에 있구나.

그만두자

결국 말도 다하지 못한 채

그렇게 원망만 많아지리라.

雙星相會, 欲闌幾更籌.¹⁶⁵⁾ 離合悲歡一夜遇, 相思都在舌尖
頭. 休休, 總說不盡, 那許多僝僽.

[호박묘아추(琥珀猫兒墜)]

162) 弄虛頭(농허두): 농간을 부려 남을 속이다. 속임수를 써서 남을 기만하다.
163) 鬼胡(귀호): 알아챌 수 없는 마음의 계책. 거짓말.
164) 三星(삼성): 별이름. 삼성이 뜰 때 남녀가 만난다고 한다. 『시경(詩經) · 당풍(唐風)
  · 주무(綢繆)』에 "얽어 묶은 땔나무, 삼성은 하늘에 떴고 오늘 저녁은 어떤 저녁일
  까요? 이 사람 만났지요, 그대여, 그대여, 이처럼 좋은 분이 어디 있을까?(綢繆束
  薪, 三星在天. 今夕何夕, 見此良人. 子兮子兮, 如此良人何)"라는 구절이 있다.
165) 更籌(경주): 야간의 시간을 알리는 대나무 패(牌)로 주로 밤 시간을 가리킨다.

한 해의 회포가
수많은 근심으로 쌓였구나.
무슨 말부터 먼저 해야 하나?
말하지 말고 그만두는 편이 낫겠다.
부끄럽다
이슬 같은 저 부부도
옆에서 지켜주건만.

一年懷抱, 堆積萬千愁. 那句先堪起話頭? 不如不說到還休.
堪羞, 露水樣夫妻,166) 也當廝守.

[미성(尾聲)]

사랑의 마음 결국 끝까지 가지 말아야 하니
관심만으로는 마음을 움직이기 어렵다네.
천상과 인간세상은 각자 다른 것을.

恩情總是休窮究, 一點關心難誘. 天上人間各自繇.

『전명산곡』(『명원시위초편』)

【해설】 이 작품은 [집현빈(集賢賓)] 2수, [황앵아(黃鶯兒)] 2수, [호박묘아추(琥珀
猫兒墜)], [미성(尾聲)] 등 6수로 이루어진 남곡 투수이다. 칠석과 견우직녀는 남
편 모내(茅鼐)와의 사이가 좋지 않았던 양맹소에게 가장 커다란 영감을 주
었던 모티프이다. 이와 함께 달 속 여신 항아는 홀로 살아가는 자신을 비유하는
데 자주 활용되었다. [집현빈] 제2수에서 직녀를 비웃는 항아를 그리면서 남편에
게 의지하지 않고 꿋꿋하게 살아가는 자신을 스스로 위로해보지만, 이내 부부의

---

166) 露水樣夫妻(노수양부처): 이슬과 같은 부부. 정식으로 결혼하지 않은 부부.

믿음이 깨져버린 처지를 한탄하고, 남편을 원망하며 쓸쓸한 내면을 그대로 드러내었다. [미성]에서 "천상과 인간세상이 각자 다르다(天上人間各自緣)"고 하였으니, 양맹소는 이상과 현실이 다르다는 것을 이미 절실하게 깨닫고 있었다. 천상의 견우직녀와 달리 현실에서 막상 오랜만에 남편을 만나봤자 한과 원망만 쌓일터. 작자의 경험에서 우러나온, 지극히 현실적인 표현이 아닐 수 없다.

▲양맹소가 그린 「방동산수(仿董山水)」

심정전(沈靜專)

가을 규방(秋閨)

【남려(南呂)·나화미(懶畵眉)】 제1수

달에게 묻노니 꽃이 보낸 근심의 향기
옅게 주렴 안으로 스미더니 꿈결에 차가워진다.
어찌 견디랴, 작은 연못의 비단원앙 한 쌍
그림자 희롱하여 잔물결 일렁이는 것을.
누군가 옥피리로 한밤의 서리를 날리누나.

問月花影寄愁香, 淺浸珠簾入夢凉. 那堪小沼錦鴛雙, 戲影
輕漪漾. 玉笛誰飛子夜霜.

【남려(南呂)·나화미(懶畵眉)】 제2수

초승달 달빛이 강 언덕에 고요한데
날아오른 외기러기 그림자 쪼며 의아해하네.
가을 규방은 원망 없이도 처량한데
게다가 깊은 근심까지 쌓여있으니
부용의 시든 꽃이 쓰러졌는지 묻지 말라.

片月飛光靜江湄,167) 驚起孤鴻啄影疑. 秋閨無怨亦淒其, 況
値深愁累. 莫問芙蓉冷艶歁.168)

『전명산곡』(『적적초』)

【해설】 이 작품은 남곡 중두 2수이다. 규방에서 바라본 쓸쓸한 가을 풍경을 노래
하였다. 누군가를 애타게 기다리거나, 생활고에 힘들어하는 심리적 고통, 원망,
근심은 느껴지지 않는다. 그럼에도 싸늘한 가을이 되면 누구나 외로움, 고독함을
느끼게 되는 법. 심정전은 무병신음(無病呻吟)이 아니라 인간 본연의 고독감을
섬세한 느낌으로 담담하게 묘사하였다.

---

167) 片月(편월): 초승달. 음력 7,8일이나 22,23일의 달을 가리킨다.
168) 芙蓉(부용): 부용꽃. 부용(夫容)과 발음이 같으므로 남편을 가리키기도 한다.

심자진(沈自晉) 오라버니의 「묵매도(墨梅圖)」시에 화답하다(和伯明兄墨梅圖)[169]

【남조(南調)·금락삭(金絡索)】 제1수

쪽빛으로 가을 강의 살결을 칠하였고
푸른색으로 봄의 진수를 마름질하였다.
고산의 아득한 저 달빛이
푸른 가지 끝에서 번뜩이며
향긋한 풀 서쪽에서 근심 일으킨다.
생각하면 흩날리는 꽃잎에 속아서
싸늘한 매화혼령이 기이한 꿈속에 숨게 되었지.
깊은 밤 조용히 열린 주렴 앞의 그림자가
새벽녘 물결 속에 차갑게 가라앉은 달빛과 거의 똑같구나.
아득한 하늘가
무리에서 놀라 떨어진 외기러기야
깃든 매화 향을 부러워 말라.
설령 저 적선 이백이 미친 듯이 취한 채 줄줄 써가면서
「청평조」에 기탁하여 양귀비를 꾸짖는대도
어찌 야윈 매화의 모습을 읊을 수 있었으랴.

藍揉秋水肌, 碧剪春華髓. 月杳孤山,[170] 翻斷枝頭翠, 愁吹香草西. 想亂紅欺, 致使冰魂躱夢奇.[171] 悄一似深宵靜啓簾前影, 半曉寒沉波底輝. 遙天際, 驚群獨雁, 莫羨冷香棲. 縱有那謫仙狂醉筆淋漓,[172] 寄淸平誚彼楊妃, 怎賦得花容頗.

---

169) 伯明(백명): 심자진(沈自晉, 1583~1665). 자는 백명, 만년의 자는 장강(長康), 호는 서래(西來)이다. 명대의 저명한 곡학가(曲學家)로 심정전의 사촌 오빠이다.
170) 孤山(고산): 절강성(浙江省) 항주(浙江) 서호(西湖)에 있는 산.
171) 致使(치사): ~한 결과가 되다.
172) 淋漓(임리): 흐르면서 떨어지는 모양. 말이나 글이 길게 이어지는 것을 가리킨다.

【남조(南調)·금락삭(金絡索)】 제2수

푸른 안개는 흰 피부처럼 그려졌고
초록 비는 향긋한 기운을 머금었다.
강적 소리 끊임없이
푸른 하늘가에 들려오는데
누가 봄의 전령을 기약했는가.
수척한 매화 혼령을 속였는지
그래서 붉은 꽃심 오그라들고 흰 꽃잎 늘어졌다.
푸른 구름이 싸늘한 달그림자를 거의 가리니
저녁 구름이 은빛 물결을 아득히 가린 것과 정말 똑같구나.
궁궐 가에서
눈썹먹의 먹색을 받아서
싸늘한 매화가지에 깃들게 하였구나.
「누동부」 짓는 뛰어난 필치로 그린지라
진주를 주고 매비를 얻어왔지만
아름다운 매화는 시들 수밖에 없었다.

靑烟倣素肌, 綠雨含香髓. 羌笛無端, 吹斷天涯翠, 誰將驛使
期. 把瘦魂欺, 因此上皺損檀痕韜玉奇. 好一似碧霞半掩冰
蟾影, 暮靉遙遮銀浪輝. 宮闈際, 輕螺分色, 留寄冷枝棲. [173]
賦樓東秀筆淋漓, 賜珍珠賺殺江妃, [174] 只落得芳華頹.

---

173) 輕螺(경라): 눈썹먹으로 그린 눈썹. 먹색을 가리킨다.
174) 江妃(강비): 매비(梅妃, 710~756). 성이 강(江)이고 이름이 채평(釆萍)이다. 당(唐) 현
   종(玄宗)이 양귀비(楊貴妃)를 총애하면서 매비를 밀리하다가 눈 속의 매화를 보고
   진주를 하사하며 불렀다. 이에 매비가 「사사진주(謝賜珍珠)」와 「누동부(樓東賦)」를
   써서 현종의 청을 거절하는 동시에 자신의 외롭고 슬픈 심경을 노래하였다.

【해설】이 작품은 남곡 중두 2수이다. 심자진은 심정전의 사촌오빠로 명대의 저명한 문학가이다. 심자진이 그린 「묵매도」에 심정전이 산곡으로 화답한 것으로 당시에 산곡이 상류 문인 간의 교유 수단이 되었음을 알 수 있다. 내용을 보건대, 심자진의 「묵매도」에 그려진 매화는 활짝 피기도 전에 비에 맞아 시든 가지였던 듯하다. 그런데 작자는 마른 매화의 그림이 이백이 「청평조」에서 노래한 모란꽃보다 낫다고 하였다. 또한 현종에게 총애 받은 양귀비와 양귀비 때문에 총애를 잃은 매비를 대비하면서, 「청평조」의 모란꽃보다 「묵매도」의 마른 매화가 고아하고 품위 있음을 표현하였다. 결국 심정전은 마른 매화 같은 심자진의 고매한 인품이 모란꽃 같은 부귀한 사람들보다 훨씬 뛰어나다고 칭송하고 있다.

▲원대(元代) 왕면(王冕)의 「묵매도」

배를 대고 가을을 읊다(舟次題秋)

【남려(南呂)·나앵아(懶鶯兒)】

[나화미(懶畫眉)]

쓸쓸히 바람 부는 물가에 대나무 수 천 그루
차례대로 날아오르는 한가로운 갈매기 몇 곳의 여울을 스쳐왔나.
아득한 하늘의 푸른 달은 조각 난간까지 비치는데
규방의 꿈 누구 때문에 멀어지는가.

風渚蕭疎竹千竿, 次第閒鷗點幾灘. 遙天靑碾到雕欄,175) 閨
夢依誰遠.

[황앵아(黃鶯兒)]

지는 노을 싸늘한데
먼 길 떠나는 돛단배 하나 둘
건너려 해도 가을 다하는 것을 어쩌랴.

落霞寒, 征帆幅幅, 欲渡奈秋殘.

『전명산곡』(『남사신보』)

【해설】 이 작품은 [나화비(懶畫眉)], [황앵아(黃鶯兒)]로 이루어진 남곡 대과곡이
다. 가을날 배를 타고 길을 나섰다가 잠시 머문 곳에서 바라본 강가의 풍경을
묘사하였다. 대나무, 푸른 달 등의 어휘들이 자아내는 시각적 이미지와 싸늘한

---

175) 靑碾(청연): 푸른 맷돌. 달을 비유한다.

가을의 분위기가 잘 어우러졌다. 화려하지 않지만 담담한 느낌이어서 마치 한 폭의 수묵화를 보는 것 같은 감동을 준다.

심혜단(沈蕙端)

여름날 규방에서(夏日閨中)

【상조(商調)·금락삭(金絡索)】

무더위가 점점 기승을 부리니
연약한 이 내 몸 쓸데없는 생각만 나누나.
울어대는 매미로 괴롭나니
사방에서 일제히 시끄럽게 우네.
낮잠에서 깨어나니
생각은 끝이 없어
사뿐사뿐 걸어서 물가 누각에서 더위를 식히네.
석류는 수많은 가지에서 붉은 꽃 피워내고
연꽃은 십리 바람결에 꽃향기 드날리네.
노랫소리 전해지니
연밥 따는 이가 채색 다리 동쪽에서 노를 젓나보네.
그 소리 은은하게
주렴 친 창문에 날아들며
문득 한가로운 심정 다시 자아내네.

炎蒸氣漸衝, 弱體生煩冗.[176] 惱殺啼蟬, 觸處齊喧哄.[177]
偏將午夢驚, 思無窮, 輕步乘凉水閣中. 榴花紅噴千枝火, 荷
蕸香翻十里風. 歌聲送, 採蓮人棹畵橋東. 韻悠揚, 飛入簾
櫳, 忽逗起閑情重.

『전청산곡』(『이인사』)

【해설】이 작품은 남곡 소령이다. 더운 여름 날 규방에서 보내는 나른한 오후의

---

176) 煩冗(번용): 마음이 복잡하다. 쓸데없는 생각이 들다.
177) 觸處(촉처): 어디든지. 도처에.

풍경을 묘사하였다. 시끄러운 매미 소리, 물가 누각의 시원함, 석류의 붉은 꽃, 연꽃의 향기 등 시각, 청각, 후각, 촉각의 다양한 감각들이 함께 어우러져 공감각적으로 탁월한 표현 기법을 보여주고 있다.

늦봄 새벽에 일어나 비를 바라보다(暮春曉起觀雨)

【남려(南呂)·침선상(針線箱)】제1수

어젯밤 가벼운 추위로 잠 못 이룬지라
삼경에 몰아치는 비바람 소리를 들었네.
아침에 몇 그루의 꽃이 졌는지 보니
주변의 아름다운 꽃이 모두 져버렸네.
안개 덮인 연못가 관사는 맑은 물결 넘쳐나고
안개 잠긴 시냇가 다리에는 가녀린 버들가지 처졌네.
이름난 정원에
그윽한 향기 찾는 나비만 부질없이 앞 다퉈 날아다니네.

爲昨宵峭寒無寐， 聽風雨三更驟起． 到朝來見幾樹紅芳墜，
一帶麗華俱廢．煙籠池館清波溢，霧鎖溪橋弱柳低．名園裏，
探幽香蛺蝶空自爭飛．

【남려(南呂)·침선상(針線箱)】 제2수

때마침 해당화 피었는지 물을 참인데
또 갑자기 연한 장미가 서둘러 피어서
도리어 갑자기 사람마음 놀라게 하지만
계절로는 아직 봄이 가지 않았도다.
흩날리는 꽃잎은 시냇물 따라 가버렸건만
적막한 가운데 꾀꼬리 쓸데없이 우는 게 부끄러운데
난초 향 규방에서
비단 창문 열고 근심스레 봄 경치 대하자니 처량하구나.

恰纔問海棠開未, 又忽早薔薇淡矣. 却教人驀地驚心碎, 時
序未經春季. 飄零花事隨流逝, 寂寞鶯期羞浪啼. 蘭閨裏, 啓
紗窗愁對煙景凄其.

『전청산곡』(『이인사』)

【해설】 이 작품은 남곡 중두 2수이다. 늦봄과 초여름 사이 규방 안에서 바라보는
풍경을 수채화처럼 표현하였다. 제1수는 어젯밤 비바람에 봄꽃들이 떨어져 아름
다운 풍경이 사라져버린 아쉬움을 노래했고, 제2수는 봄이 아직 다 지나진 않았
지만, 금새 가 버릴 봄을 붙잡을 수 없는 슬픔을 묘사하였다. 처량한 심정으로
늦봄 풍경을 바라보는 여인의 모습이 눈에 선하다.

불수감을 읊다(詠佛手柑)178)

【상조(商調)·금오락장대(金梧落粧臺)】

[금오동(金梧桐)]

두라면의 향기 한 움큼
온전한 형상을 드러내었네.
가을바람 잡고 놀더니
어쩌다 이슬 받는 신선의 손이 되었나.
불교사원에서 왔는데
손가락 모습이 온갖 형상 이루었네.
주먹 쥐고 마귀를 항복시킬 필요 없어서
도리어 두 손 모으고 자비를 구하네.

兜羅一握香,179) 分現全身樣. 把玩秋風, 豈承露仙人掌. 來
從祇樹園,180) 指點成千相. 不須拳作降魔, 却撮合慈悲向.

---

178) 佛手柑(불수감): 부처님 손처럼 생긴 과일. 구조목(九爪木), 오지귤(五指橘)이라고도
한다.
179) 兜羅(두라): 두라면(兜羅綿). 범어로 tūla. 버드나무 꽃에서 나는 부드러운 솜. 불수
감(佛手柑)이 희고 부드러운 두라면 같다는 뜻이다.
180) 祇樹園(지수원): 사원(寺院). 급고독원(給孤獨園), 급고원(給孤園)이라고도 한다.

[방장대(傍粧臺)]

꽃을 든 손으로 저녁 울타리를 온통 노랗게 물들이네.

可也拈花一色晚籬黃. [181]

『전청산곡』(『남사신보』)

【해설】 이 작품은 [금오동(金梧桐)], [방장대(傍粧臺)]로 이루어진 남곡 대과곡이다. 절강(浙江), 안휘(安徽) 등 남방 지역의 특산물인 불수감(佛手柑)을 읊은 영물곡(詠物曲)이다. 원래 산곡의 본색이 노래가사에 있었기에 영물을 읊은 작품이 적은 편인데, 이 작품은 불수감이라는 독특한 소재를 읊었다는 점에서 특이하다. 불수감은 향이 좋고, 생긴 모양이 부처의 손을 닮은 열매로 이를 불교적 상상력으로 표현한 것이 이 작품의 탁월한 점이다. 불수감의 향기를 두라면에 비유하였고, 손가락 같은 열매 모양을 자비를 구하기 위해 기도하는 손으로 형상화하였는데, 은유와 상징의 묘미를 한층 깊고 풍부하게 드러내었다.

---

181) 拈花(염화): 꽃을 들다. 염화미소(拈花微笑).

비단 짜는 여인을 읊다(詠紡紗女)

【선려입쌍조(仙呂入雙調)·봉서기저저(封書寄姐姐)】

[일봉서(一封書)]

저 아가씨 베틀에서
실 끼운 베틀북 빨리도 놀리며
씨실이 급하다 소리치네.
비단휘장에 바늘 멈추는 소리 들리더니
잠사 배운 대로
실을 재빨리 뽑아내네.
저 꿀벌과 생황이 버들 솜을 읊는 듯
양 겨드랑이에서 이는 바람에 추워질까 걱정일세.

他娘在錦機, 促鮫梭, 182) 呼緯急. 停針響繡帷, 183) 學繭絲,
抽繭疾. 184) 似你蜂簧吟柳絮, 兩腋風生冷怯衣.

[호저저(好姐姐)]

정말로 힘들구나
한나절 그네놀이와 비교할 수 없나니
아마도 달무리가 눈썹 주위에 졌겠다.

姜勞矣, 185) 不比半天秋千戲, 敢月暈嬌娥吐在圍. 186)

---

182) 鮫梭(교사): 교사(鮫絲)를 끼운 북. 인어가 교사로 비단을 짠다는 전설 때문에 교
(鮫)자가 쓰였다.
183) 停針(정침): 바늘이 멈추다. 베틀을 멈추는 것을 가리킨다.
184) 抽繭(추견): 누에고치에서 실을 뽑아내다.
185) 姜(강): 매우. 여기서는 강(强)의 뜻이다.
186) 敢(감): 대개. 아마도.

【해설】 이 작품은 [일봉서(一封書)], [호저저(好姐姐)]로 이루어진 남곡 대과곡이다. 작품 속에서 비단 짜는 여인의 삶은 고달프기만 하다. 끊임없이 베틀 북을 놀리며 비단을 짜다가 씨실이 떨어지자 재빠르게 실을 뽑아 다시 북에 끼우고 비단을 짠다. 그 움직임이 하도 날래서 작자는 겨드랑이에 바람이 일어난다고 표현하였다. [호저저]에서는 여인의 삶이 너무도 고되어서 얼굴이 수척해졌음을 묘사하였는데, 달무리가 눈썹 주위에 졌다는 표현은 피곤한 사람의 눈 밑에 다크 써클이 생기는 것을 가리킨다. 비단을 짜는 여인의 동작, 표정 등을 매우 섬세하게 포착하여 표현하였고, 생동감 있는 분위기를 자아낸다.

엽환환과 엽소란을 애도하며(挽昭齊瓊章)187)

【선려(仙呂)·취부귀(醉扶歸)】

해와 별이 빛나듯 아름다운 풍취 넘쳐났고
환한 노을과 빼어난 물처럼 그 기운 더욱 뛰어났었다.
우수한 인재는 꽃피면 명성 날리지만
빼어난 여인들은 규방에만 있단다.
유독 뛰어나다는 많은 칭찬이 막 두 가인에게 쏟아졌지만
또 갑자기 안 좋은 운명이 들이닥쳤구나.

日華星彩佳風厚, 霞明水僑氣還優. 毓秀生芳出名流,188) 英英偏向閨中有. 方見多誇獨勝逞雙修,189) 忽又妨奇造物來相寇.

[조라포(皂羅袍)]

온종일 부는 세찬 바람이 무성한 나무를 휘어잡아
이어진 가지를 큰 기둥에서 떨어뜨리고
같은 줄기의 가지도 가을에 떠나게 하였네.
옆 숲에서 소나무 망가지니 잣나무 응당 근심스럽고
별원에서 지초가 불타니 난초도 그 때문에 말라가네.
방설헌에 꽃향기 바뀌니

---

187) 昭齊(소제): 엽환환(葉紈紈). 명(明) 오강(吳江, 江蘇省 蘇州) 사람으로 엽소원(葉紹袁)과 심의수(沈宜修)의 큰 딸이다. 여동생 엽소란(葉小鸞)이 죽자 슬픔을 이기지 못하고 병들어 죽었다.
　　瓊章(경장): 엽소란(葉小鸞). 명 오강 사람으로 엽소원과 심의수의 셋째 딸이다. 세 딸 가운데 재능이 가장 뛰어났지만 시집가기 며칠 전에 17세의 젊은 나이로 죽었다.
188) 毓秀(육수): 우수한 인물을 기르다. 빼어난 인재가 나오다.
189) 雙修(쌍수): 두 명의 가인(佳人). 엽환환과 엽소란을 가리킨다.

안개가 덩굴진 언덕에 싸늘하네.
소향각에 향기 흩어지니
달빛이 작은 누대에 차갑구나.
마름 드물고 연분 아득한데 정말로 옛 친구마저 없으니 한스럽구나!

忒暴終風欺茂,[190] 使聯莖謝梗, 同氣辭秋.[191] 松毀傍林柏應
憂, 芝焚別苑蘭因瘦. 雪軒芳變,[192] 煙凄蔓丘. 疏齋香散,[193]
光寒小樓. 恨蘋疏契遠生無舊![194]

[강아수(江兒水)]

「해로」는 슬퍼서 읊기 어려운데
맑은 바람 절로 감겨오네.
탄식하노니 선녀가 어찌 인간세상의 벗이 될 수 있으랴
저들이야 본래 검은 학을 탄 적송자와 영혼이 멀리 통했지만
나는 그저 헛되이 「고산유수」를 현으로 뜯었었네.
끝났구나, 거문고 소리 알아주는 짝이 없구나!
그저 글상자만 뒤적이게 되었으니
애석하다, 이들의 구름 같은 마음과 달 같은 솜씨여.

薤露悲難詠,[195] 清風感自兜.[196] 歎仙娥怎做人間友,[197] 他
本赤松玄鶴神遐透,[198] 我卻高山流水絃虛扣.[199] 已矣知音

---

190) 暴終風(폭종풍): 거친 바람이 하루 종일 불다.
191) 同氣(동기): 형제자매. 동기연지(同氣連枝)는 같은 줄기에서 뻗은 곁가지를 말한다.
192) 雪軒(설헌): 방설헌(芳雪軒). 엽환환이 거처하던 곳.
193) 疏齋(소재): 소향각(疏香閣). 엽소란이 거처하던 곳..
194) 蘋疏(빈소): 마름이 드물다. 시집가기 어려운 것을 가리킨다. 『예기(禮記)·혼의(昏
    義)』에 의하면, 시집갈 나이가 된 여성은 반드시 종묘에 먼저 예를 올려야 했는데
    제물로 물고기를 쓰고 마름으로 탕을 끓였다고 한다.
195) 薤露(해로): 악부 「상화곡(相和曲)」의 편명으로 고대의 만가(挽歌)이다.
196) 兜(두): 휘감다. 감돌다. 영회(縈廻)의 의미이다.
197) 仙娥(선아): 선녀. 엽환환과 엽소란을 가리킨다.
198) 赤松(적송): 적송자(赤松子). 신농(神農) 때에 비를 다스렸다는 신선의 이름이다.
199) 高山流水(고산유수): 곡명(曲名). 자신을 알아주는 친구를 가리킨다. 『열자(列子)·

93

莫偶! 只落得展轉彤奩,[200] 可惜這雲心月手.

[옥교지(玉交枝)]

재주 많으면 박명하다고 말하지 마라
천지와 인연이 없어 잠시 머무른 것뿐이니.
설령 봄이 한창인 동작대에서 한가로이 마음 끌린다 해도
그 원망은 상비에게 비하진 못하리라.
도리어 퉁소소리 나른하게 들으며 함께 화답하고
거울 같은 수면에서 난새 싸움을 수줍게 바라보리라.
그러니 검은깨 숨기고서 조화 부리며 노닐 것이지
어찌 갈대에 의지하고 농익은 매실로 짝을 구하겠는가?

莫道多才薄壽, 是乾坤無緣假留. 縱使春榮銅雀情閑逗,[201]
也休將怨比湘州.[202] 卻是慵聽寶簫聲幷酬, 羞看玉鏡鸞雙
鬭. 因此掩胡麻攀運化遊,[203] 豈待倚蒹葭摽梅有求?[204]

탕문(湯問)』에 의하면, 종자기(鍾子期)가 백아(伯牙)의 연주를 듣고 "높디높구나! 뜻
이 높은 산에 있구나(巍巍乎! 志在高山)"라고 하고, "넓디넓구나! 뜻이 흐르는 물에
있구나(洋洋乎! 志在流水)"라고 하자 백아가 놀라며 자신의 의도를 파악하였다고
감탄하였다고 한다.
200) 彤奩(동렴): 붉은 붓을 담은 상자. 두 사촌동생의 글을 보관한 상자를 가리킨다.
201) 銅雀(동작): 동작대(銅雀臺). 삼국시기 위(魏) 조조(曹操)가 지은 누대 이름. 구리로
만든 봉황으로 지붕 위를 장식한 데에서 유래하였다. 조조가 동작대를 짓고 오(吳)
교공(喬公)의 두 딸 대교(大喬)와 소교(小喬)를 데려와 동작대에 유폐시키려고 하였
다.
202) 湘州(상주): 상비(湘妃). 순(舜) 임금의 두 왕비인 아황(娥皇)과 여영(女英)은 순 임
금이 창오(蒼梧)에서 객사하자 그곳으로 달려가 슬피 울며 상수(湘水)에 빠져 죽었
다고 한다.
203) 胡麻(호마): 검은깨. 불로장생의 선약(仙藥). 진(晉) 갈홍(葛洪)의 『포박자(抱朴子)·
선약(仙藥)』에 의하면, 이를 복용하면 불로장생한다고 한다.
204) 蒹葭(겸가): 갈대. 옛사람을 그리워하는 것을 가리킨다. 『시경(詩經)·진풍(秦風)·
겸가(蒹葭)』에 "갈대 무성하고 흰 이슬은 서리가 되었네. 그 사람은 물가 저편에
있겠지(蒹葭蒼蒼, 白露爲霜. 所謂伊人, 在水一方)"라는 구절이 있다.
摽梅有求(표매유구): 농익은 매실로 짝을 구하다. 표유(摽梅)는 다 익어서 곧 떨어
질 매실로 여자가 이미 결혼할 나이에 이른 것을 가리킨다. 『시경(詩經)·소남(召
南)·표유매(摽有梅)』에 "익은 매실, 그 열매가 일곱이니, 날 구하는 선비들 좋은
기회 불잡기를(摽有梅, 其實七兮, 求我庶士, 迨其吉兮)"이라는 구절이 있다.

[천발도(川撥棹)]

만약 무산의 오른쪽으로 가지 않았다면
함께 은하수 입구로 돌아갔으리.
생각해보면 염라대왕이 우연히 가짜 견우를 내려 보내
생각해보면 염라대왕이 우연히 가짜 견우를 내려 보내
유독 한꺼번에 꽃다운 혼령들을 불러들였구나.
떠나간 뒤 하늘의 보배가 되었으리니
어찌 쉬이 변하는 근심을 상관하리오.
세월 속에 흐느끼도록 내버려두지만
그래도 혼령이 돌아오길 바란다네.

若不往巫山右, 料同歸銀漢口. 想圭芒偶謫虛牛,205) 想圭芒
偶謫虛牛, 特一時把芳靈踵收. 自去補天珍, 那管覆掌
愁.206) 一任泣星霜,207) 還祈返魄謀.

[요요령(僥僥令)]

싸늘한 구름머리 가련하게도 소매에 늘어뜨리고
가엾은 눈물방울 천천히 눈동자에서 말라간다.
선녀 떠난 길 아득하여 그 자취 찾을 길 없는데
이 세상의 한 맺힌 이는 가는 세월을 헛되이 슬퍼한다.

悽雲憐倚袖, 惜玉慢枯眸. 仙逝悠悠蹤難究, 這俗恨徒傷歲
月週.

---

205) 圭芒(규망): 귀왕(鬼王). 염라대왕.
206) 覆掌(복장): 손바닥 뒤집듯 하다. 변화가 빠르다.
207) 星霜(성상): 세월. 별자리는 1년에 한 번 돌고 서리는 겨울마다 내리므로 세월을
    가리키는 말이 되었다.

[미성(尾聲)]

살구꽃 졌다는 탄식 속에 봄이 또 가는데
배꽃이 무성한지 살펴본 일도 그저 부질없었네.
설사 밤비 속에 내 영혼 떠돌아도 다시 그윽한 풀 꿈을 꾸리라.

杏花嗟落春還又,　　止空驗棠梨影稠,208)　　縱夜雨飛魂更夢草
幽.209)

『전청산곡』(『동렴속사』)

【해설】 이 작품은 [취부귀(醉扶歸)], [조라포(皂羅袍)], [강아수(江兒水)], [옥교지(玉交枝)], [천발도(川撥棹)], [요요령(僥僥令)], [미성(尾聲)]의 7수로 이루어진 남곡 투수이다. 사촌자매 사이인 엽환환과 엽소란의 죽음을 애도하며 쓴 것으로 산곡으로 쓴 만가(輓歌)라는 점에서 문학사적으로 의미가 있는 작품이다. 엽소란은 어릴 때 외숙인 심자징의 보호 아래에서 자랐고, 심혜단과는 친자매처럼 지냈다. 이 때문에 엽소란의 갑작스러운 죽음과 뒤이어 큰 언니 엽환환의 죽음은 심혜단에게 커다란 마음의 상처로 남았던 것 같다. 엽환환과 엽소란을 적송자와 교유하는 선녀로 묘사하면서 그들의 높은 인격과 재주를 칭송하였고, 살아서 돌아오기를 기도한다는 말로 그 죽음에 대한 안타까움을 표현하였다.

---

208) 驗(험): 살펴보다. 점검하다. 검험(檢驗)의 의미이다.
209) 몽초유(夢草幽): 그윽한 풀을 그리는 꿈을 꾸다. '초유'는 죽은 엽씨 자매를 가리킨다.

엽소란(葉小鸞)

▲엽소란이 그린
화훼초충도(花卉草蟲圖)

나이가 많은데도 아직 시집 못간 여자를
사람들이 함께 비웃기에 장난삼아 짓는다
(有一女年甚長而未偶, 衆共笑之, 戲爲作此)

【상조(商調)・황앵아(黃鶯兒)】

옥난간에 기댄 채
봄 수심 세느라 며칠이나 한가했던가.
향기로운 피부 야위고 애간장 또 끊어지나니
비단 적삼에 점점 눈물 얼룩지고
꾀꼬리 소리 점점 잦아드는데
젊은 얼굴 늙어가니 부질없이 길게 탄식한다.
겹문은 닫혀 있고
옥퉁소 소리 원망스러운데
언제나 난새 한 쌍을 타려나.

倚遍玉闌干, 數春愁幾日閑. 香肌瘦盡腸還斷, 羅衫漸斑, 鶯
花漸殘, 紅顔老去空長嘆. 掩重關, 玉簫聲怨, 何日駕雙鸞.

『전명산곡』(『반생향』)

【해설】이 작품은 남곡 소령이다. 엽소란이 요절했으니 이 작품을 쓸 때만
해도 10대였을 것으로 추정된다. 아직은 어렸던 엽소란이 노처녀의 탄식을
이토록 잘 대변을 하다니! 능청스러우면서도 장난기 어린 느낌이 묻어난다.

방씨(方氏)

가을 규방에서 새벽에 그리워하며(秋閨曉思)

【상조(商調) · 집현빈(集賢賓)】

높은 성에 물시계 다하며 점차 날이 밝는데
성긴 주렴에 지는 달이 희미하다.
이때의 근심스런 심정 비할 데 없으니
일찍부터 근심하느라 긴 날이 더디 간다.
누구에게 의지하여 당신에게 하소연할까
그저 빈방에서 홀로 하소연 해보네.
[합창] 또다시 후회하면서
무슨 일로 번번이 헤어지는가?

高城漏盡天漸啓, 疏簾殘月依依. 此際愁懷無可比, 早擔憂
長日遲遲. 憑誰訴你, 但獨對空房摸擬.210) [合] 還自悔, 緣
底事輒敎分離.

[집현빈(集賢賓)]

꽃그늘이 창을 다 가려도 일어나기 싫어서
하늘가에 이르렀던 꿈을 다시금 생각한다.
가장 한스러운 건 처마 앞의 까치가 시끄럽게 울어서
꿈꾸는 이를 몇 번이나 깨운 것이라.
비단 이불 물 같은데
다시 눈물방울 더하는 걸 어쩔 수 없구나.
[앞의 내용을 합창]

---

210) 模擬(모의): 모방하다. 흉내 내다. 여기서는 떠난 임에게 하듯이 하소연해보는 것을
가리킨다.

花陰半窻猶懶起, 還思夢到天涯. 最恨簷前鵲語沸, 把夢魂
幾遍驚回. 羅衾似水, 怎當得更添珠淚.211) [合前]

[호박묘아추(琥珀猫兒墜)]

떨어진 오동잎 섬돌에 가득하고
북방기러기 줄지어 날아오건만
나그네는 먼 길에서 아직도 돌아오지 않네.
능화경 속 야윈 얼굴 보고 놀라는데
고운 눈썹
몇 달이나 수심 어린 채
눈썹먹도 칠하지 않았네.

落梧盈砌, 朔雁數行飛, 遊子長途尙未歸. 菱花驚覷瘦龐
兒,212) 蛾眉, 幾月含愁, 未染蘭煤.213)

[호박묘아추(琥珀猫兒墜)]

흰 구름과 붉은 나무
어디가 도성인가?
어제 나그네가 가져온 편지 있으니
국화 피는 중양절을 분명 저버리진 않겠지.
동쪽 울타리에서
함께 옛 즐거움 추억하며
웃으면서 금 술잔 잡으리라.

白雲紅樹, 何處是京畿? 昨日行人有信回, 黃花應不負佳期.

211) 怎當(즘당): 어찌할 수 없다. 무내(無奈).
212) 龐兒(방아): 얼굴.
213) 蘭煤(난매): 난초 그을음. 화장용 눈썹먹을 가리킨다.

東籬, 料共追歡, 笑把金杯.

[미성(尾聲)]

비단 창 안에서 간절히 기도하나니
다만 제 마음 얼른 위로 받도록
꽃 앞에서 속삭이는 말씀 저만 몰래 알게 하소서.

深深禱拜紗窗裏, 但願私心早慰, 細語花前娘暗知.

『전명산곡』(『태하신주』)

【해설】이 작품은 [집현빈(集賢賓)] 2수, [호박묘아추(琥珀猫兒墜)] 2수, [미성(尾聲)]
등 5수로 이루어진 남곡 투수이다. 가을날 규방에서 떠난 임을 간절히 기다리는
여인의 심경을 표현한 서정적인 작품이다. 하지만 지금 이 여인은 기다리는 임으로
부터 편지도 받았고, 중양절에는 만날 수 있다는 희망을 안고 있다. 그래서인지
외롭고 쓸쓸하지만, 처절하거나 고통스러운 아픔은 드러나지 않았다.

유씨(劉氏)

초가을 두 수(新秋二曲)

【월조(越調) · 낭도사(浪淘沙)】 제1수

어젯밤 비가 주룩주룩
등불 연기를 싸늘하게 하여
얇은 이불에서 발 오그린 채 잠 못 이루었네.
새벽에 일어나 침대 맡에서 달력을 봤더니
가을로 바뀌었구나.

昨夜雨綿綿, 寒澁燈烟, 薄衾踡足不成眠. 曉起床頭看曆日,
換了秋天.

【월조(越調)·낭도사(浪淘沙)】 제2수

푸른 잎은 아직도 싱싱하여
여전히 아름다움 다투는데
저들에게 알리는 것이 슬프구나.
눈앞의 아름다운 시절 쉽게도 바뀌나니
나무가 장차 가련하리라.

綠葉尙新鮮, 猶想爭姸, 遣他知道也凄然.[214] 眼底韶光容易
改, 樹且堪憐.

『전명산곡』(『태하신주』)

【해설】 이 작품은 남곡 중두 2수이다. 제1수에서는 비 내린 후 날씨가
싸늘해지자 여름이 지나고 초가을이 왔음을 온 몸으로 느끼게 되는 서글픈
감정을 표현하였다. 제2수에서 푸른 잎을 의인화하여 작자의 감정을 이입한
것이 독특하다. 아름다운 시절이 가는 것을 아쉬워하는 마음이 잘 드러나면
서도, 비장하거나 무겁지 않아 마치 파스텔 그림처럼 아련하고 맑은 느낌을
준다. 『전명산곡』의 주에는 유씨가 지은 작품이 매우 많았으나 요절하여 남
은 작품이 없다고 되어있다. 같은 마을에 사는 매혜련(梅惠連)이 이 두 수를
남겨 지금까지 전해진다.

214) 遣他知道(견타지도): 저들에게 알게 하다. 여기서는 나뭇잎을 의인화하여 나뭇잎에
    게 가을이 왔음을 알리는 것을 가리킨다.

이취미(李翠微)

원소절의 사랑노래(元宵艶曲)

【정궁(正宮)·산어등범(山漁燈犯)】

등불은 대낮같고
사람들 개미떼 같은데
전부 원소절을 즐기기 위해서라네.
비단자수처럼 온 천지를 치장하였고
얼마나 시끄러운지 생가소리 흐느끼는 듯.
물어보나니 오늘밤이 무슨 밤인가?
이 만남이 얼마나 좋은지
살며시 그이에게 말하는데
웃음소리 낮춰야한다고 하네.
비록 등불 그림자가 가릴 수 있다지만
얼굴 드러나면 시비 생길까 걱정이네.
정말로 사랑하는 당신 과연 경국지색이라 하네. [산어등(山漁燈)]

燈如晝, 人如蟻, 總爲賞元宵. 粧點出錦天繡地, 抵多少鬧攘
攘笙歌喧涕. 試問取今夕是何夕? 這相逢忒煞奇, 輕輕說與
他, 笑聲要低. 雖則是燈影堪遮掩, 也要慮露容光惹是非. 愛
殺你果傾城婉麗.

얼마나 그리울까
오늘 지나 오래도록
함께 나는 비익조 본받기를. [옥부용(玉芙蓉)]

害相思, 經今日久, 甫得效于飛.215)

215) 于飛(우비): 함께 날다. 비익조(比翼鳥)를 가리킨다.

[금정악(錦庭樂)]

그들의 웃음소리 한가득 울리나니
마을의 선남선녀가 모두 서로 손잡고
더욱 떠들썩하게 등불 수수께끼를 맞히네. [금전도(錦纏道)]

笑他們振盈盈, 村的俏的男女混相携, 更喧譁打着燈謎.

장차 그대와 번화한 거리를 떠나 오작교를 걸으려는데
잠시 찾느라 배회하였네.
노래 소리 바뀌면서 매화 지고 배꽃 무성해지는 듯
자주 떨어지는 청동 물시계 소리 울리네. [만정방(滿庭芳)]

且和你離芳街步星橋, 略尋徙倚.216) 遞歌聲梅落穠李,217)
響銅壺玉漏頻滴.

저 왁자지껄한 풍경 속에 내맡기다
우리의 우연한 만남도 이 상원절 밤이라네. [보천악(普天樂)]

一任他攘攘熙熙,218) 偏咱巧遇是這上元之夕.

[주노아범(朱奴兒犯)]

곳곳에 등불의 광채와 달빛
한바탕 시끄럽게 울리는 북소리

---

216) 徙倚(사의): 배회하다.
217) 梅落穠李(매낙농리): 매화가 떨어지고 배꽃이 무성해지다. 「매화락(梅花落)」곡조일
    수 있으나 확실하지 않다.
218) 攘攘熙熙(양양희희): 떠들썩하고 어지러운 모양.

골목마다 태평성대를 축하하네.
모두들 도성의 아름다움을 흠모하며
지금부터 해마다 이와 같기를. [주노아(朱奴兒)]

一處處燈輝月輝, 一陣陣喧闐鼓鼙,²¹⁹⁾ 一曲曲昇平賀聖禧.
大家羨皇都佳氣, 從今後歲歲如斯.

원컨대 그대와
영원히 봉새와 난새 한 쌍으로 살길. [옥부용(玉芙蓉)]

願和伊, 一雙永擬鳳鸞棲.

[육요령(六幺令)]

밤이 다하며 바람이 이니
잘 다린 봄 적삼에 향긋한 안개 아득히 날리는데
금 채찍 든 이가 내리려하자 말이 자꾸 우는구나.
돌아가야지
달도 서쪽으로 지는데.
붉은 대문 안에서 징징 운오 소리 들린다.
붉은 대문 안에서 징징 운오 소리 들린다.

夜闌風起, 蕩春衫香靄遙飛, 金鞭欲下馬頻嘶. 歸去也, 月西
移. 聽雲璈噫噫朱門裏,²²⁰⁾ 聽雲璈噫噫朱門裏.

[미성(尾聲)]

---

219) 喧闐(훤전): 시끄럽다.
220) 雲璈(운오): 운라(雲鑼). 타악기의 일종.
　　噫噫(희희): 응답하는 소리. 징이 울리는 소리를 가리킨다.

돌아와 다시 난간 잡고 기대어

천천히 새 시를 노래하여 저 달에게 바치려고

북두성 돌고 삼성 가로지를 때까지 기다렸다 비로소 문을 닫네.

歸來重把闌干倚, 慢慢的唱和新詩贈月姨,²²¹⁾ 直等那斗轉
參橫始掩扉.

『전명산곡』(『명원시위초편』)

【해설】 이 작품은 [산어등범(山漁燈犯)], [금정악(錦庭樂)], [주노아범(朱奴兒犯)],
[육요령((六幺令)], [미성(尾聲)]으로 이루어진 남곡 투수이다. 이중 [산어등범]은 범
성(犯聲)으로 [산어등(山漁燈)] 안에 [옥부용(玉芙蓉)]을 삽입했고, [금정악]은 집곡
(集曲)으로 [금전도(錦纏道)], [만정방(滿庭芳)], [보천악(普天樂)]의 일부분을 모은 것
이다. [주노아범] 또한 범성으로 [주노아(朱奴兒)] 안에 [옥부용]을 삽입하였는데,
음률이 매우 독특한 형식을 이루고 있다. 이는 오늘날 한 노래 안에 변조와 메들리
가 함께 있는 것으로 이해하면 된다.

원소절에 사랑하는 임을 만나 시끌벅적한 저자거리에서 등불을 감상하며
늦도록 헤어지기 아쉬워하는 심정을 노래한 작품이다. [산어등범], [금정
악], [주노아범]은 원소절에 등불을 단 거리 풍경, 수수께끼를 풀고 풍악을
울리며 태평성대를 축하하는 도성 사람들의 모습 등을 표현하였다. [육요
령]은 새벽이 되어 헤어질 때가 되자 못내 아쉬워하는 마음을, [미성]은 새
벽까지 시를 쓰면서 아쉬운 마음을 달래는 모습을 묘사하였다. 원소절에 흥
성거리는 거리의 풍경, 평범하게 살아가는 사람들의 일상, 만남과 설렘, 기
쁨, 아쉬움 등의 감정이 잘 어우러졌다.

221) 月姨(월이): 항아(姮娥). 달을 가리킨다.

오초(吳綃)

사과꽃을 그리다(畵蘋果花)

【상조(商調)·황앵아(黃鶯兒)】 제1수

남다른 자태가 어여쁨을 이기지 못하는 듯
연한 꽃자루가 푸른 가지에 이어지니
해당화 자태에 견줄 만하네.
여린 붉은색은 사라질 듯
연한 연지색은 윤기 돌고
향긋한 흰 뺨은 살짝 미소 머금은 듯.
가장 그리기 어려운 건
다함없는 풍정이니
반나절 만에 물러나 붓을 놓네.

別樣不勝嬌, 輭絲絲、綴碧條, 海棠姿態些兒較. 嫩紅酥
欲消,222) 澹燕支帶潮, 香生玉靨輕含笑. 最難描, 風情無限,
半晌却停毫.

『전청산곡』(『소설암시여』)

【해설】 이 작품은 남곡 중두 10곡 중 제1수이다. 오초는 회화에 뛰어났던
것으로 전해진다. 이 작품은 사과 꽃의 모습, 색깔, 자태를 묘사하면서, 꽃의
아름다운 외형은 그릴 수 있어도, 그 고유한 풍취까지 담을 수 없어 멈칫
하는 작자의 모습까지 표현하였다. 꽃을 섬세하게 바라보고 이를 그리는 여
인의 자태가 그림처럼 선명하게 드러난다.

▶빈과화

222) 紅酥(홍소): 윤나는 붉은색. 사과 꽃 중심의 붉은 색을 가리킨다.

앵도화(櫻桃花)

【상조(商調)·황앵아(黃鶯兒)】제2수

작은 꽃 봄이 되서야 피는데
괴이하게도 도화원에서는 심을 줄 몰랐고
말없이 길이 나는 도리 꽃은 그대여 사랑하지 말라.
옅은 붉은색을 뺨에 바르고
알맞게 단장하고 웃는데
꽃이 날리면 번소의 앵도 입술 있는 듯.
쓸모없는 앵도 뿌리를
진귀한 새들은 유난히 아끼나니
물고 와도 의심하지는 말라.

小朶及春闈, 恠秦源、未解栽,[223] 成蹊無語君休愛.[224] 微
紅粉腮, 宜妝笑來, 華飛樊素朱唇在.[225] 閒根荄, 珍禽偏惜,
含到莫疑猜.

『전청산곡』(『소설암시여』)

【해설】이 작품은 남곡 중두 10곡 중 제2수이다. 도화보다 앵도화가 더
아름답다고 칭송하면서, 백거이가 아끼던 가기(歌妓) 번소의 작고 붉은 입
술에 앵도화를 비유하였다. 또한 그 뿌리는 약재로도 쓰여 앵도화는 충분히
사랑받을 만한 꽃임을 노래하였다.

223) 秦源(진원): 도화원(桃花源). 진(晉) 도연명(陶淵明)의 『도화원기(桃花源記)』에 진(秦)
  나라 난을 피해 도화원에 살게 되었다는 내용이 있다.
224) 성혜무어(成蹊無語): 『사기(史記)·이광전(李廣傳)』에 의하면, 속담에 '도리 꽃은 말
  하지 않아도 그 아래 저절로 길이 생긴다'라고 하였다.
225) 樊素(번소): 당(唐) 백거이(白居易)의 가기(歌妓) 이름. 당(唐) 맹계(孟棨)의 『본사시
  (本事詩)·사감(事感)』에 의하면, 백거이가 노래 잘하는 번소를 총애하여 "앵도 같
  은 번소의 입 (櫻桃樊素口)"이라고 읊었다고 한다.

우미인초(虞美人草)

【상조(商調)·황앵아(黃鶯兒)】 제3수

가녀린 줄기가 가벼운 바람에도 흔들리는데
기억해보면 초나라 휘장 안에서 노래 듣고
고운 자태 춤추듯이 가벼운 몸 움직였었지.
영웅의 갈 길 다해
미인은 붉은 눈물 흘리니
연꽃에 한 맺힌 핏빛 스민 듯 연지 빛 진하다.
겹눈동자의 항우와 이별하여
천년의 고운 혼백
어찌 차마 강동을 지나가랴!

纖影弄輕風, 記聞歌、楚帳中, 盈盈欲舞輕身動. 英雄路窮, 佳人
淚紅, 蓮花恨血燕支重. 別重瞳, 千年艶魄, 爭忍過江東!

『전청산곡』(『소설암시여』)

【해설】 이 작품은 남곡 중두 10곡 중 제3수이다. 우미인은 초의 항우가 아꼈던
우희(虞姬)를 가리킨다. 적들에 둘러싸여 위급한 상황에 처한 항우를 보며 우희
는 얼마나 피눈물을 흘렸을까. 작자는 임을 위해 자결한 우희의 넋을 달래주면
서, 우미인초가 가녀리지만 핏빛의 붉은 꽃을 피워내는 강인한 혼백을 지녔다고
노래하였다. 우미인과 항우의 이야기는 명나라가 망하고, 나라 잃는 유민(遺民)
의 슬픔을 투영한 것이기도 하다.

◀우미인초

매화(梅花)

【상조(商調)·황앵아(黃鶯兒)】 제4수

한 해 지나면서 마구 그리워
창 앞에서 납월을 보내는데
너의 맑고 수척한 모습은 무엇 때문인지 묻노라.
봄 신령이 알지 못할까 걱정하면서
늦게 꽃피는 남쪽 가지 지켜보는데
머나먼 봄의 전령은 누가 보내는가?
밤에 피는 것이 마땅하리니
바람 없고 달 떠오른 때
술잔 잡고 얼음 같은 자태를 대하리라.

經歲謾相思, 到窗前、破臘時, 問伊淸瘦因何事. 怕東君未
知, 看南枝放遲, 苕苕驛使誰堪寄? 夜來宜, 無風有月, 把酒
對冰姿.

『전청산곡』(『소설암시여』)

【해설】 이 작품은 남곡 중두 10곡 중 제4수이다. 납월에 아직 피지 않은
매화를 보고 봄 신령이 잊은 것은 아닐까 걱정하면서 달밤에 피어나길 바라
는 마음을 노래하였다. 아직은 활짝 피지 못한 매화를 얼음 같은 자태로 표
현하였는데, 화려하지 않지만 담백한 수묵화를 보는 느낌을 준다.

낙양화(洛陽花)

【상조(商調)·황앵아(黃鶯兒)】 제5수

몇 방울의 수궁사
붉은색 생기나며 오린 비단 꽃 기울더니
연초록 잎사귀 속에 가는 가지 드리우네.
가볍게 부서진 노을
부드럽게 가는 꽃술
연지 색 바른 서희의 그림일세.
과분하다고 말하지 말라
낙양이라는 이름이 좋으니
모란꽃 부러워하지 말기를.

幾點守宮砂,226)　蒨紅生、翦綵斜,　一叢嫩綠纖枝亞.227)　輕
輕碎霞, 茸茸細芽, 燕支拂綽徐熙畵.228) 莫言誇, 洛陽名好,
休羨牡丹花.

『전청산곡』(『소설암시여』)

【해설】 이 작품은 남곡 중두 10곡 중 제5수이다. 낙양화는 패랭이꽃으로
뾰족뾰족한 꽃잎을 비단 비스듬히 자른 것 같다고 하였고, 그 이파리나 꽃술
은 서희의 그림을 보는 것 같다고 하였다. 장안 사람들은 모란이 화려하고

---

226) 守宮砂(수궁사): 주사(朱砂)를 먹여 기른 도마뱀을 빻아 으깬 것으로 부녀자들의 팔
　　에 발라 정조를 지켰는지 시험하는 용도로 사용되었다.
227) 亞(아): 낮게 드리우다. 저수(低垂)와 같다.
228) 拂綽(불작): 스치며 칠하다. 불식(拂拭)과 같다.
　　徐熙畵(서희화): 서희의 그림. 서희는 오대(五代) 남당(南唐)의 화가로 강녕(江寧,
　　江蘇省 南京) 사람이다. 그는 화죽(花竹), 금어(禽魚), 소과(蔬果), 초충(草蟲)을 잘
　　그렸는데, 전통방식과 달리 먼저 묵으로 풀의 잎사귀나 꽃의 꽃술을 그린 다음에
　　색을 펴 발랐다.

제일 으뜸가는 꽃이라고 좋아하지만, 오초는 낙양화 역시 충분히 아름답고
사랑받을 만하니 모란을 굳이 부러워할 필요 없다고 노래하였다.

▲낙양화

살구꽃(杏花)

【상조(商調)·황앵아(黃鶯兒)】 제6수

2월에 한창 살구꽃 피나니
꽃 파는 소리가 봄의 길목을 채우는데
붉게 윤나는 송이송이 연지로 찍어낸 듯.
해당화는 살구꽃 핀 다음에 피고
상도화는 살구꽃 필 무렵에 피는데
미인의 땀방울은 홍조를 머금었네.
싱그러운 한 가지
곡강의 연회에서
어느 급제자에게 가려나?

二月正芳晨,229) 賣花聲、滿路春, 紅酥朵朵燕支印. 海棠是
後身, 緗桃是緊鄰, 美人粉汗含潮暈.230) 一枝新, 曲江筵上,
探使屬何人?231)

『전청산곡』(『소설암시여』)

【해설】이 작품은 남곡 중두 10곡 중 제6수이다. 장안의 명승지 곡강(曲江)에는 살구나무 동산인 행원(杏園)이 있었는데, 조정에서 과거에 급제한 사람들을 행원에 불러 모아 연회를 열어주었다. 작자는 살구꽃을 묘사하면서 남편 허요(許瑤)가 급제한 것을 기뻐하며 행복에 대한 기대감을 드러내었다.

229) 二月(이월): 살구꽃. 십이화신(十二花神) 가운데 살구꽃이 이월(二月)에 해당한다.
230) 潮暈(조훈): 두 뺨에 생기는 홍조.
231) 探使(탐사): 탐화사(探花使). 과거에 급제한 뒤 행원(杏園)에서 열리는 첫 번째 연회에서 꽃을 꺾는 사람을 일컫는다. 급제자 가운데 가장 나이 어린 두 사람이 하였다.

담죽엽(澹竹葉)

【상조(商調)·황앵아(黃鶯兒)】 제7수

긴 계단 앞의 연초록 담죽엽
새로 난 댓잎처럼 잎사귀마다 안개 낀 듯
눈썹마냥 가늘게 꺾이니 천생 아름답다.
청동의 푸른 녹도 이보다 곱지 못하고
돌 위의 푸른 이끼도 이보다 아름답지 못한데
푸른 눈썹 한 잎이 가지 끝에서 흔들린다.
초록 잎으로 비녀 삼고
거울 앞에서 단장 마칠 때
두 눈썹 가에도 붙이기 좋아라.

嫩碧長堦前, 似新篁、葉葉煙, 黛痕細折天生蒨. 銅花也欠
鮮, 石花也未姸, 靑螺一點枝頭顫.232) 翠爲鈿, 玉臺粧
罷,233) 宜貼兩眉邊.

<code>『전청산곡』(『소설암시여』)</code>

【해설】 이 작품은 남곡 중두 10곡 중 제7수이다. 연초록 담죽엽이 청동의
푸른 녹과 돌의 푸른 이끼보다 아름답다고 표현하였는데, 작품 전체에서 푸
른색의 시각적 이미지가 선명하게 드러난다. 그 푸른빛이 예뻐서 여인들 장
식할 때 비녀로도 쓰고, 눈썹에 붙이기도 안성맞춤이라고 노래하였다.

232) 靑螺(청라): 둥글게 생긴 눈썹 먹. 즉 나자대(螺子黛).
233) 玉臺(옥대): 옥으로 장식한 거울 걸이.

호접화(蝴蝶花)

【상조(商調)·황앵아(黃鸎兒)】 제8수

햇살 따스하니 풀과 꽃 향긋한데
꽃무더기에서 날개 펴고 햇살에 반짝이니
분명 나풀나풀 한빙 처의 모습이라.
바람결에 향기 모으듯이
가볍게 날아 담장 넘어갈까 걱정인데
초록 줄기 위에서 꽃술 드리운 채 날개를 편다.
돌난간 곁에서
몇 번이나 그리려했나
붓을 대면 등왕의 「등왕협접도」를 비웃으리라.

日暖草花芳, 滿叢闘、粉拍光,[234] 分明栩栩韓憑樣.[235] 似
臨風採香, 怕輕飛過牆, 垂鬚展翅靑枝上. 石闌傍, 幾迴欲
畫, 點筆笑滕王.[236]

『전청산곡』(『소설암시여』)

【해설】 이 작품은 남곡 중두 10곡 중 제8수이다. 호접화(蝴蝶花)에서 호
접(蝴蝶)은 나비를 뜻한다. 호접화의 자태를 읊고 있지만, 꽃대 위에 꽃이

---

234) 闘粉(개분): 나비 날개를 펴다. 여기서는 호접화가 활짝 핀 것을 가리킨다.
　　拍光(박광): 햇살에 반짝이다. 나비 날개에 햇살이 반사되어 반짝이는 것을 가리킨
　　다.
235) 韓憑(한빙): 동진(東晉) 간보(干寶)의 『수신기(搜神記)』에 나오는 인물. 전국(戰國)
　　시기 송(宋) 강왕(康王)의 사인(舍人) 한빙(韓憑)은 아내가 매우 아름다웠는데, 강왕
　　이 그녀를 빼앗자 원망하여 자살하였다. 아내 또한 누대에서 뛰어내려 자살하였는
　　데, 이 때 흰 옷을 입고 있어서 흰 나비가 되었다고 한다.
236) 滕王(등왕): 당(唐) 태종(太宗)의 동생 이원영(李元嬰)으로 「등왕협접도(滕王蛺蝶圖)」
　　를 그렸다. 이 구는 자신의 호접화 그림이 등왕보다 나을 것이라는 자신감을 표현
　　하였다.

아니라 실제로 나비가 한 마리 앉아있는 것처럼 묘사하였다. 작자는 꽃대 위에 앉은 나비꽃이 정말로 날아갈까 염려하다가, 그 모습이 너무도 아름다워 붓을 들었다. 그리고는 자신의 그림이 등왕의 그림보다 나을 것이라는 자신감을 드러내었다. 호접화를 묘사하는 데 문학적 형상성이 뛰어난 작품으로 꼽을 만하다.

▲호접화

협죽도(夾竹桃)

【상조(商調)·황앵아(黃鶯兒)】 제9수

성긴 그림자에 푸른 구름 비껴있고
아름다워지려고 빨강 꽃이 더해지니
붉은 꽃과 여린 마디는 봄에 값 매길 수 없을 정도이리라.
진나라 사람이 이 나무를 심었고
왕희지가 이 나무를 사랑했기에
난간 아래에 가녀린 협죽도가 있다네.
어지럽게 섞이지 않나니
향기로운 댓가지는 부드럽고
자잘한 꽃잎은 아침놀을 붙인 듯.

疎影碧雲斜, 倘嫣生、茜色加, 丹葩嫩節春無價. 秦人種它, 王
猷愛它, 纖纖桃竹勾闌下. 不爭差,237) 香筠苒弱, 細碎貼朝霞.

『전청산곡』(『소설암시여』)

【해설】이 작품은 남곡 중두 10곡 중 제9수이다. 붉은 꽃은 아름다워 값을
따질 수 없을 정도로 귀하다고 하였고, 그 잎사귀는 왕희지(王羲之)가 좋아
했던 대나무에 비유하며 아름다움을 칭송하였다.

237) 爭差(쟁차): 뒤섞이어 어지럽다. 규분(糾紛)의 의미이다.

수리화(壽李花)238)

【상조(商調)·황앵아(黃鶯兒)】 제10수

꽃잎마다 서로 마주하여
온 나무에 이어진 꽃이 사랑스러운데
빛나는 꽃송이 즐거워서 걱정도 없구나.
그리움 한창 길어져도
한 뿌리의 다른 꽃가지를 방해하지 않아서
정감 읊는 시와 사물 묘사하는 부에서 노래된 적 많도다.
자세히 생각하면
박태기나무와 비교되지만
그래도 품종 다른 것은 한스럽다.

葉葉自相當, 愛翩翩、一樹芳, 交輝花蕚歡無恙. 懷思正長,
同根莫妨, 緣情體物多名狀.239) 細斟量, 田荊比並,240) 猶
恨雁分行.241)

『전청산곡』(『소설암시여』)

【해설】 이 작품은 남곡 중두 10곡 중 마지막 수이다. 한 가지에 여러 꽃들
이 올망졸망 붙어서 피는 자두꽃의 모습을 사랑스러운 시선으로 바라보며

---

238) 壽李花(수리화): 정확한 품종을 알 수 없지만 자두 꽃의 일종으로 추정된다.
239) 緣情體物(연정체물): 정감을 읊고 사물을 묘사하다. 진(晉) 육기(陸機)의 「문부(文
賦)」에 "시는 정감을 펴내면서도 아름답고 고우며 부는 사물을 묘사하면서도 맑고
환하다(詩緣情而綺靡, 賦體物而瀏亮)"라는 구절이 있다.
240) 田荊(전형): 형제가 화목하다. 남조(南朝) 양(梁) 오균(吳均)의 『속제해기(續齊諧記)
·자형수(紫荊樹)』에 의하면, 전진(田眞) 삼형제가 재산을 나누면서 대청 앞의 자
형수를 삼등분하려하자 나무가 말라 죽어버렸다. 이에 전진이 깜짝 놀라 재산을
나누지 않고 삼형제가 함께 화목하게 살았다고 한다.
241) 雁分行(안분행): 기러기의 행렬이 나뉘다. 형제의 항렬이 갈라지다. 여기서는 품종
이 서로 다른 것을 가리킨다.

노래하였다. 여러 꽃들이 붙어있지만 서로 훼방하지 않고 피어나는 모습이 형제의 우애를 상징하는 박태기나무에 비할 만다고 표현하였다.

▲박태기나무

왕단숙(王端淑)

곤궁하게 살다(守困)

【쌍조(雙調) · 신수령(新水令)】

아득한 푸른 산봉우리 새벽안개에 잠겼는데
처량하지만 한 세월 평온하구나.
부서진 집에는 바람이 문에 스며들고
황량한 길에는 배꽃이 시든다.
서서히 세월은 가고
서서히 세월은 간다.
소생의 기운에 추위가 풀리길 바라노라.

遠峰青𢆉被曉烟遮，受凄凉歲時寧貼.[242] 破廬風透戶，荒徑瘦梨花. 冉冉年華，冉冉年華. 望蘇融寒威卸.

『음홍집』

【해설】 이 작품은 북곡 소령이다. 「곤궁하게 살다」라는 부제에서 알 수 있듯이, 왕단숙의 삶은 그리 넉넉하지 못하였다. 하지만 양맹소처럼 가난을 고통스러워하지도, 원망하지도 않는다. 오히려 가는 세월 속에서 가난으로 인한 추위가 소생의 기운에 의해 점차 풀리기를 바라고 있다. 마지막 구절은 곤궁한 삶을 묵묵히 지켜내는, 삶에 대한 단단한 자부심이 느껴진다.

242) 寧貼(영첩): 영첩(寧帖). 편안하다. 마음이 안정되다.

봄날의 규방(春閨)

【상조(商調)·황앵아(黃鶯兒)】 제1수

따스한 햇살에 아지랑이 일렁이더니
봄바람 사납게 불면서
꽃잎을 질투하여
주렴 너머 복사꽃 떨어뜨린다.
눈썹을 마지못해 그리는 모습에서
여인의 근심을 절로 알겠구나.
퉁소소리 살며시 늘어진 버들 속에 감돌면서
수심을 자아내니
금과 책은 거의 싸늘해지고
적막한 이곳에 꾀꼬리소리 들려온다.

日煖漾晴絲, 莽春風,²⁴³⁾ 妬玉肌.²⁴⁴⁾ 隔簾抛墮桃花藥. 蛾眉倦施, 香憔自知. 簫聲輕遶垂楊裡. 助愁思, 琴書半冷, 寂處聽黃鸝.

---

243) 莽(망): 맹렬하다. 크다. 바람이 세게 부는 것을 가리킨다.
244) 玉肌(옥기): 옥 같은 얼굴. 꽃잎을 가리킨다.

여름날의 규방(夏閨)

【상조(商調)·황앵아(黃鶯兒)】 제2수

파초 아래 매미소리 들리는데
새로운 소리로 읊조리는 건
「관저편」이라네.
은고리 달이 싸늘한 정원에 걸려있네.
앵무새 소리 날카로운데
꽃가지는 늘어져 잠들었네.
잠시 쓸쓸해져 비녀와 팔찌 벗어두네.
나풀대는 나비가
푸른 물결에 그 모습 비치는데
연약하여 바람에 날릴까 걱정스럽네.

蕉底聽鳴蟬, 誦新吟, 淑女篇.[245] 銀鉤月掛凄淸院. 鸚哥舌
尖,[246] 花枝倦眠. 些時冷落閑釵釧.[247] 蝶翩翩, 淸瀾照影,
弱瘓怯風前.

---

245) 淑女篇(숙녀편): 『시경(詩經)』의 「관저편(關雎篇)」.
246) 舌尖(설첨): 귀를 찌르듯이 소리가 높은 것을 가리킨다.
247) 些時(사시): 잠시. 짧은 시간을 가리킨다.

가을날의 규방(秋閨)

【상조(商調)·황앵아(黃鶯兒)】제3수

귀뚜라미 울타리 옆에서 울고
시든 오동잎 서걱거려서
그윽한 꿈에서 깨어나네.
물가 달빛은 싸늘하고 갈대꽃은 시들었네.
다듬이 소리에 갑자기 놀라는데
한기가 점점 생겨나네.
낙엽이 근심스런 이의 발길을 에워싸네.
사위어 가는 향기 속에
긴 밤 뒤척이다
송옥처럼 맑은 가을을 읊조리네.

促織傍籬鳴, 敗梧敲, 幽夢醒. 沙汀月冷蘆花病. 砧聲乍驚,
寒威漸生. 飄零葉擁愁人徑. 瘦香蘅,[248] 長宵轉側, 宋玉賦
秋淸.[249]

---

248) 香蘅(향형): 향초 이름.
249) 宋玉賦秋淸(송옥부추청): 송옥이 맑은 가을을 읊다. 「구변(九辯)」에서 슬픈 가을을
   읊은 것을 가리킨다.

겨울날의 규방(冬閨)

【상조(商調)·황앵아(黃鶯兒)】 제4수

약한 몸이라 시든 버들 보기 싫고
매화도 귀찮으며
새벽 단장 겁이 나네.
설렁설렁 바람이 찬 휘장에 불어오네.
배꽃 눈꽃으로 길은 아득해지고
종소리 다하고 물시계 소리 길어지네.
설경 속에 외로운 물가 기러기 슬퍼 보이네.
귀고리 풀고서
원앙의 꿈을 꿔보지만
유독 소상에는 이르지 못하네.

弱質倦淸楊, 懶梅花, 怯曉粧. 微微風影吹寒幌. 梨雲250)路
茫, 鐘殘漏長. 雪光慘見孤鴻泩. 解明璫,251) 鴛鴦癡夢, 偏
不到瀟湘.252)

『음홍집』

【해설】 이 작품은 남곡 중두 4수로 사계절의 변화에 따라 규방에서 느끼
는 감성을 노래하였다. 봄에는 복사꽃과 꾀꼬리 소리, 여름에는 파초와 매미
소리, 가을에는 갈대꽃과 귀뚜라미 소리, 겨울에는 눈과 물시계 소리 등 각
계절을 상징하는 색채와 소리를 들어 풍경을 묘사하면서 시각과 청각 이미

---

250) 梨雲(이운): 이화운(梨花雲). 꿈속에서 배꽃이 휘날리는 것이 구름 같기도 하고 눈
  같기도 하다. 눈 오는 날의 경치를 묘사하는 전고로 많이 사용된다.
251) 明璫(명당): 옥구슬로 만든 귀고리.
252) 瀟湘(소상): 소수(瀟水)와 상강(湘江)의 호남(湖南) 지역. 나그네가 떠도는 일대를
  가리킨다.

지를 극대화하였다. 「가을날의 규방(秋閨)」에서는 송옥(宋玉)의 「구변(九辯)」을 인용하여 '비추(悲秋)'의 느낌을 표현하였지만, 삶의 고통이나 아픔은 드러내지 않고 절제된 감성을 세련되게 묘사하였다.

고정립(顧貞立)

【쌍조(雙調)·보보교(步步嬌)】

또 서둘러 푸른 잎이 녹음 지면서
깊디깊은 정원에 두루 퍼졌다.
작은 비단 창가에서 지저귀는 꾀꼬리
성 동쪽에서 제일로 고운지 묻노라.
읊는 그 소리가 궁궐에 전해지면
적선 이백과 여러 재자들도 앞 다퉈 부러워하리라.

卻又早綠葉成陰, 深深院徧. 小窗紗流鶯囀, 問可是城東第
一妍? 詞章禁苑傳,[253] 謫僊才人爭羨.

[전전환(殿前歡)]

얻어 온 버들가지 어여뻐서
붉은 완화전에 쓴 잠화 서체보다 나은데
'구름 빗질'의 글자를 보니 더욱 부럽구나.

博得箇柳枝憐,[254] 抵多少簪花書格浣花牋.[255] 看梳雲一字
尤堪羨.[256]

---

253) 詞章(사장): 시문(詩文). 여기서는 꾀꼬리 소리를 비유한다.
254) 博得(박득): 얻다. 취하다.
255) 抵多少(저다소): ~보다 낫다. 비할 만하다.
   簪花書格(잠화서격): 잠화격(簪花格)으로 문체의 일종이다. 장언원(張彦遠)의 『법서
   요록(法書要錄)』 권2에 "위항의 서체는 꽃을 꽂은 아름다운 여인이 경대 앞에서
   춤추며 웃는 것 같다(衛恒書如插花美女, 舞笑鏡臺)"는 문장이 있다. 후에는 서체가
   빼어나고 단정한 것을 가리킨다.
   浣花牋(완화전): 완화전(浣花箋). 당(唐) 설도(薛濤)가 완화계(浣花溪) 물로 종이를
   만들었더니 종이 색깔이 선홍색을 띠었다고 한다.
256) 梳雲(소운): 머리를 빗다. 여기에서는 버들가지 사이에 구름이 끼어 있는 형상을
   비유한다.

[신수령(新水令)]

창에 반은 살구꽃 핀 맑은 하늘인데
봄바람에 끌리는 버들가지 곱고 부드럽네.
나눠받은 시제로 「비취」를 읊고는
편지에 써서 고운 이에게 부치네.
녹음이 광활한 대지를 비추는데
답청시절 제비가 정원으로 돌아오네.

半窓晴日杏花天, 殢東風柳絲嬌輭,257) 分題拈翡翠,257) 折簡寄
嬋娟.258) 綠映平川, 踏青時燕來庭院.

[주마청(駐馬聽)]

밤에 비오고 아침에 안개 내리니
이슬이 연지 빛 붉은 꽃송이를 적시네.
한가한 정원 적막한데
꽃 아쉬워 일어나보지만 꿈은 더욱 가라앉네.
화장대 옆에서 몇 번이나 마지못해 거울 보고서
물결 밟듯이 사뿐히 푸른 이끼 위를 거니네.
활짝 웃으면서
아침햇살에 한 송이 봄빛 터지는 모습 바라보네.

宿雨朝煙, 露浥臙脂紅數點. 閒庭寂寞, 惜花人起夢尤淹. 傍
粧臺幾度嬾臨鸞, 整凌波欵步青苔蘚. 笑嫣然,259) 看朝陽一
朶春光綻.

---

257) 分題(분제): 시인들의 모임에서 시제를 나누어 시를 읊다.
258) 折簡(절간): 편지를 쓰다.
259) 嫣然(언연): 아름답게 웃는 모습.

【해설】이 작품은 [보보교(步步嬌)], [전전환(殿前歡)], [신수령(新水令)], [주마청(駐馬聽)] 4수로 이루어진 북곡 투수이다. 봄날 한가하게 정원을 거닐다 느끼는 감정을 노래하였다. [보보교]는 꾀꼬리 소리를, [전전환]은 버들가지를 읊었다. [전전환]에서는 버들가지를 선홍색 종이에 그려진 잠화체(簪花體)에 비유하였고, 구름에 걸린 버들을 '구름 빗질하기'로 표현하였다. 특히 [주마청]에서는 비 내린 다음 날, 내리쬐는 봄 햇살을 한 송이 꽃이 터지는 것에 비유하였는데, 사물을 세심하게 관찰하는 작자의 독특한 시선과 표현력을 느낄 수 있다.

조씨(曹氏)

동지(冬至)

[심원춘(沁園春)] 남곡

상서로운 구름기운 궁궐을 에워싸고
황종이 육관에 응하며 재를 날리네.
동지 맞아 또 양기가 돌아온 것을 기뻐하려고
만국의 관료들이 도성에 조회 오네.
태평시절에 성대한 연회 맞이하니
만세삼창하며 크나큰 복을 축원하네.

瑞靄祥雲環禁闥, 黃鍾應六琯動浮灰.260)　迎長又喜一陽回,261)
萬國衣冠朝帝畿. 太平逢嘉會, 嵩祝讚鴻禧.262)

[보천악(普天樂)] 북곡

봉래 바라보니 채색 구름 드리웠는데
초겨울에 맞이한 동지를 경하 드리네.
금문 열리고 옥전 열리더니
천자 수레 이끄느라 용 깃발 늘어섰네.
뛰어난 관리의 조회에선 패옥 소리 울리는데
모두 축원하고 다함께 즐거운 연회하네.
사해의 문물제도 지금 궤를 같이 하고
여기저기 온 누리가 태평성대 함께 하네.

---

260) 黃鍾(황종): 동지(冬至)에 상응하는 악기 혹은 율명(律名). 고대에는 갈대를 태운 재를 악기 안에 두면 절기가 될 때마다 상응하는 악기 안에 넣어둔 재가 날린다고 여겼다.
　　六琯(육관): 육율(六律)을 연주하는 옥피리.
261) 一陽(일양): 동지.
262) 嵩(숭): 숭호(嵩呼). 황제의 복을 축원하기 위해 외치는 만세삼창(萬歲三唱)을 가리킨다.

앞 다퉈 즐기는 연회에서
천세만세 기쁘게 우러르고
천명 받들어 영원히 황제의 기틀 굳건히 하리.

望蓬島彩雲垂, 賀新冬逢長至. 敞金門啓玉殿, 引鑾輿車擺
列龍旂. 玉筍班佩珂聲,263) 共祝讚咸歡會. 四海車書今同
軌,264) 徧遐邇壽域同躋.265) 爭歡娛宴, 喜仰千秋萬歲, 奉
天命永固皇基.

[호사근(好事近)] 남곡

맑게 갠 봉황지
대지에 양기 돌아오며 봄기운일세.
구중궁궐의 즐거운 연회
옥 술잔 다시 채우니 맛좋은 술 넘치네.
노래로 오묘한 곡조 전하니
온 천하에 음악소리 울려 퍼지네.
황제의 은혜 입어 영원히 태평시대 즐기리니
함께 우러르며 영명하신 천자를 받드세.

晴日鳳凰池,266) 大地陽回春意. 九重歡宴, 瓊觴更滿泛香
醴. 歌傳妙曲, 奏鈞天律呂和宮徵. 荷皇恩永樂昇平, 共仰戴
聖明天子.

---

263) 玉筍班(옥순반): 뛰어난 영재들이 늘어선 조반(朝班).
264) 車書(거서): 문물제도. 『예기(禮記)·중용(中庸)』에 "지금 천하의 수레는 궤적을 함
    께 하고, 서적은 글자가 같다.(今天下車同軌, 書同文)"라는 문장이 있다. 천하가 통
    일되고 문물제도가 다 갖추어졌다는 말이다.
265) 壽域(수역): 모든 사람이 천수를 누리는 태평성대.
266) 鳳凰池(봉황지): 궁궐 정원의 연못이름.

[홍수혜(紅繡鞋)] 북곡

성군께서 하늘 받들어 다스리시니
어진 바람이 널리 온 천하를 뒤덮어
태평하게 천년토록 분명 흥성한 시대이리.
봄이 황제와 황후의 궁궐로 돌아와서
태양이 만 년 묵은 가지로 옮겨오니
용안을 우러르면 항상 기쁨이 있으리.

聖主承天致治, 仁風廣被華夷,[267] 太平千載應昌期. 春回雙
鳳闕,[268] 日轉萬年枝, 仰天顔常有喜.

[천추세(千秋歲)] 남곡

태평시절
다행히 요순 같은 성군께서
예악을 제정되고 현명한 인재 등용함을 보게 되었네.
백성과 만물이 화락하니
모두들 사방이 풍요로운 시절이라고 말하네.
구중궁궐 황제와 신하의 모임에서
또 마침 동지를 맞게 되었네.
동지가 온 것을 경축하며
금빛 궐문 아래에서 머리 조아리고
화땅의 국경 지키는 이를 본받아 황제의 만수무강을 세 번 축원하네.

太平時, 幸觀唐虞聖,[269] 制禮樂登庸賢士. 民物熙和, 盡說

---

267) 華夷(화이): 중국과 외국(外國). 온 천하를 가리킨다.
268) 雙鳳(쌍봉): 한 쌍의 봉황. 여기서는 황제와 황후를 가리킨다.
269) 唐虞(당우): 당요(唐堯)와 우순(虞舜)의 병칭. 요순시대로 태평성대를 뜻한다.

道四方年豊時序. 九重上風雲會,[270] 又正遇着履長.[271] 慶
一陽來至, 稽首金門下, 效華封人三祝聖壽天齊.[272]

[쾌활삼대포로아(快活三帶鮑老兒)] 북곡

기쁘게도 우리나라는 화락하고 정치와 교화 순조로우니
천하에 가르침의 소리 두루 퍼지고 은혜와 위엄 펼쳐지네.
사해에서 산 넘고 바다 건너 아직 다 귀의하기도 전에
하늘과 땅이 봄바람 속에서 길러주는 것 같네.
바로 저 만국에서 모두 조공 보내니 고래로 비할 바 없고
억만년 동안 변경 보루에는 봉홧불 꺼져있으리.
성스러운 자손들이 나라의 기틀 보존하시니
종묘사직은 영원히 종실을 안녕하게 하리.
함께 축원하나니, 황제의 지위 굳건하여
산천처럼 변함없이
만백성이 태평하기를.

喜遇得聖朝熙皞政化美,[273] 普天下聲教布恩威. 梯山航海盡
未歸, 似乾坤發育在春風裹. 正是那萬國咸賓古來莫比, 億萬
萬歲邊墩上烽烟息. 聖子神孫保祚基, 廟社永久安磐石.[274] 共
祝頌皇圖鞏固, 山河帶礪,[275] 萬姓雍熙.

[월임호(越恁好)] 남곡

270) 風雲會(풍운회): 어진 임금과 현명한 신하의 만남.
271) 履長(이장): 동지.
272) 華封人三祝(화봉인삼축): 화(華) 땅의 국경을 지키는 자가 요임금을 위해 세 번 축원하다. 『장자(莊子)·천지(天地)』에 의하면, 요임금이 화 땅에 갔는데, 국경을 지키는 자가 요임금에게 세 번 축원을 올렸으나 요임금이 거절하였다고 한다.
273) 熙皞(희호): 화락하다.
274) 磐石(반석): 크고 평평한 돌. 땅을 나누어 제후로 봉해준 종실(宗室)을 비유한다.
275) 山河帶礪(산하대려): 태산(泰山)이 숫돌만큼 작아지고 황하(黃河)가 허리띠만큼 가늘어진다. 오랜 시간이 흐르고 역경이 닥쳐도 마음이 변치 않는 것을 가리킨다.

성인께서 단정하게 두 손 모아

천하를 다스리고 백성을 어루만지시네.

하늘과 땅이 하나 되어 고루 키워내니

상서로움 드러나고 가화와 영지 돋아나리.

서성이 오색구름 속에 반짝이고 감로가 또 내리며

교외 들판에선 기린이 나타나고

추우와 봉황이 잇달아 길조로 나타나는 일 보게 되리.

하늘과 땅 사이

사해 가운데

온통 봄의 화기이니

황제의 만수무강과 오복이 모두 갖추어지길 축원하네.

聖人端拱, 御天下撫群黎. 盡乾坤一統均化育, 現祥瑞産嘉
禾紫芝. 276) 景星明慶雲甘露又垂, 277) 郊藪出麒麟, 覩騶虞
彩鳳重疊獻奇. 278) 兩間內, 四海中, 總是春和氣, 祝皇明萬
歲五福咸備.

[홍수혜(紅綉鞋)] 북곡

결국 기쁘고 경사스러운 이때 태평성대 만나니

하늘과 땅을 본받은 성군의 덕치에 감복하네.

구성을 연주하고 간우무를 추며

금 노리개 짤랑이며 축원의 술잔 올리면서

일제히 송축하며 궁궐계단 향해 절하네.

總歡慶際遇明時, 感聖主德侔天地. 奏九成舞干羽, 279) 鏘金

---

276) 嘉禾(가화): 낟알이 많이 달린 큰 벼. 고대에는 길조로 인식되었다.
277) 景星(경성): 서성(瑞星). 상서로운 별.
278) 騶虞(추우): 전설상의 상서로운 동물. 태평성대의 징조로 여겨졌다.
279) 九成(구성): 악곡명. 구결(九闋)과 같다.
干羽(간우): 간우무(干羽舞). 상(商) 복사(卜辭)에 보이는 악곡의 일종. 문덕(文德)이 조화

珮獻壽卮, 齊祝讚拜彤墀.280)

[미성(尾聲)]

구중궁궐의 붉은 구름 속에서
문무백관에 의장대 늘어서서
무릎 꿇고 절하며 황제의 만수무강을 세 번 크게 외치네.

九重殿上紅雲裏, 文武班列陳羽儀, 山呼拜跪聖壽齊天萬萬
歲.281)

『전명산곡』(『명원시위초편』)

【해설】 이 작품은 [심원춘(沁園春)], [보천악(普天樂)], [호사근(好事近)], [홍수혜(紅綉鞋)], [천추세(千秋歲)], [쾌활삼대포로아(快活三帶鮑老兒)], [월임호(越恁好)], [홍수혜(紅綉鞋)], [미성(尾聲)]의 9수로 이루어진 남북곡 합투이다. 동짓날 궁궐에 문무백관이 모여 연회를 열었을 때, 황제의 만수무강을 빌고 태평성대를 축원하면서 불렀던 곡으로 추정된다. 조씨는 악기(樂妓)로 전해지는데, 아마도 궁궐에 소속된 관기(官妓)였을 것이다.

　일반적으로 여성문학에서 그려지는 풍경이 대부분 규방 안에서 머물렀던 것에 비해 이 곡은 궁궐의 화려한 분위기, 연회가 열리는 장면, 과정 등을 장중하게 묘사하였다. 더욱이 『예기(禮記)·중용(中庸)』, 『장자(莊子)』 등의 전고를 활용하고 있어 명대 여성 산곡에서 독특한 작품 중 하나로 꼽을 만하다.

로운 것을 가리킨다.
280) 彤墀(동지): 궁궐의 붉은 섬돌 계단. 여기서는 황제가 계신 곳을 가리킨다.
281) 山呼(산호): 황제에게 올리는 송축 의식. 머리를 조아리며 만세 삼창을 외친다.

145

마수정(馬守貞)

삼생전(三生傳)

【대석조(大石調)·소년유(少年遊)】

웃는 얼굴 꽃이 핀 듯
찌푸린 눈썹 버들가지 얹은 듯
찌푸리고 웃는 데 어찌 까닭이 없으랴.
잠시 문에 기대는 척하면서
자수도 놓지 않고
또 저녁 단장한 채 누대에 오른다네.

笑臉開花, 顰眉鎖柳, 顰笑豈無緣? 且學倚門, 休敎刺繡, 又
上晚粧樓.

『전명산곡』(『명원시위초편』)

【해설】이 작품은 남곡 소령이다. 근심하며 누군가를 설레는 심정으로 기
다리는 여인의 모습을 노래하였다. 꽃처럼 웃고 있지만 버들가지 얹은 듯
찌푸린 눈썹을 묘사하여 여인의 복잡한 심경을 표현하였다. 마수정은 『삼생
전(三生傳)』이라는 전기(傳奇)를 썼지만 현재 전해지지 않는데, 이 작품이
『삼생전』에 속해 있는 한 작품으로 추정된다.

규방여인의 그리움(閨思)

【정궁(正宮)·금전도(錦纏道)】

본래 연리지와 병두련을 본받고자 했지만
예전의 풍류지정을 탄식하며
이제껏 도성을 하염없이 바라보게 되었구나.
내 본래 옥 마음 아끼고 붉은 뜻 싫어하여 꽃 따는 흰 손 지녔는데
공명 때문에 헛되이 떠도는 사람을 또 사모할 필요 있으랴.
갑자기 맘속에서 수치심이 생기니
이 사랑에 어찌 이끌릴 수 있으랴!
봉황 같은 배필에게 다시 어우러져 울길 바랐지만
이제 유구한 세월 지나게 되었으니
입가에 냉소를 띠도록 버려두노라.

本待學樹交枝奇花並頭, 歎息舊風流, 到如今敎人目斷神
洲.[282] 俺自有惜玉心偎紅意攀花素手,[283] 又何須慕功名浪
蹟閒遊. 猛可裏自含羞,[284] 這恩情肯敎人拖逗! 待再和鳴鸞
鳳儔, 方顯得天長地久. 任區區齒冷笑淹留.

[보천악(普天樂)]

다정한 이와 헤어졌지만
즐겁던 애정 두터운지라
우리의 짧은 이별을 잠시 허하고

---

282) 神洲(신주): 수도(首都). 명의 수도 북경(北京)을 가리킨다.
283) 俺(엄): 나. 우리.
　　偎紅(외홍): 여색을 가까이하다.
284) 猛可(맹가): 갑자기. 돌연.

봄이 오면 봄이 오면 다시 만나 사랑하리.
부채의 시구는 귀중하게 간직하고
매화, 소나무, 대나무 같이 벗할 텐데
심약처럼 병 많고 근심 많아 가장 슬프구나.

謝多情, 歡娛厚, 暫許我離不久, 約春來約春來再聚綢繆. 扇
頭詩珍重藏收, 似梅松竹友. 最堪憐沈休文多病多愁.[285]

[고륜대(古輪臺)]

다행히도 서신이 왔기에
짧은 글 구절마다 남몰래 감춰두지만
변하는 상황 복잡하여 받아들이기 어렵구나.
이리저리 흩날리는 꽃송이
어지러이 날리는 버들솜
파도 따라 떠도는 갈매기 신세인 게 분명하네.
고개 숙인 채 머뭇거리니
갈수록 근심과 한이 더하며
부끄럽게도 송옥처럼 또 가을을 슬퍼하네.
당신의 맑고 빼어난 모습을 보자면
웃고 담소하는 사이에도 빼어나고 온화했었지.
거의 농어회 생각하는 장한이요
눈썹 그려주던 경조윤이요
앵앵의 자취 읊던 장생이지만
만나고자 해도 정말로 빌미가 없네.
그대는 나와 함께
언제 만날 수 있을지 아직 모르는가.

---

285) 沈休文(심휴문): 심약(沈約). 심약은 근심으로 인해 허리띠 구멍을 줄인 것으로 유
명하다.

幸書投，片言句句暗藏闔，可堪機變參難透．滾滾流花，紛紛
飛絮，分明是泛泛浮鷗．俛首躊躇，轉添愁恨，自慚宋玉又驚
秋．看你儀容淸秀，笑談間俊雅溫柔．多管是思鱸張翰,[286]
畫眉京尹,[287] 題痕君瑞,[288] 欲會苦無繇．君同我，未知何
日見能否？

[미성(尾聲)]

풍진 세상에 분주하게 애쓸 필요 있으랴
경각의 시간도 몇 년 지난 것 같지만
그대가 만 리 제후에 봉해질 날 있으리라.

風塵何必勞奔走？頃刻如同隔數秋．有日君封萬里侯.[289]

『전명산곡』(『명원시위초편』)

【해설】 이 작품은 [금전도(錦纏道)], [보천악(普天樂)], [고륜대(古輪
臺)], [미성(尾聲)] 4수로 이루어진 남곡 투수이다. 규방에 홀로 남은 여인
이 공명을 위해 떠난 임을 그리워하는 심경을 표현하였다. [금전도]는 관직
때문에 도성으로 떠난 임을 그리워하면서도 원망하는 마음, 함께 떠나지 않
은 것에 대한 자기 위안, 회한 등 복잡한 심경을 드러내었다. [보천악]에서
는 떠난 임의 건강을 염려하였고, [고륜대]에서는 이별이 길어질 것이라는
서신을 받고 슬퍼하며 다시 만나기를 간절히 바라는 마음을 표현하였다.
[미성]에서는 임의 앞날을 축원하였는데, 이별을 원망하다가 수긍하고, 다

思鱸張翰(사로장한): 고향의 농어를 먹고 싶다고 생각하는 장한. 남조(南朝) 유의경
(劉義慶)의 『세설신어(世說新語)』에 의하면, 장한이 제(齊) 왕의 초청을 받아 낙양
에 거하다가 고향의 순채국과 농어회가 먹고 싶어 관직을 그만두고 고향으로 돌아
왔다고 한다.
287) 畫眉京兆(화미경조): 눈썹 그려주던 경조윤. 『한서(漢書)·장창전(張敞傳)』에 의하
면, 경조윤(京兆尹) 장창(張敞)은 부인을 위해 눈썹을 그려주었다고 한다.
288) 君瑞(군서): 원(元) 왕실보(王實甫)의 『서상기(西廂記)』에 나오는 남자 주인공 장생
(張生).
289) 萬里侯(만리후): 변방에서의 공적으로 인해 제후에 봉해지는 일.

시 서신을 받고 슬퍼하다가 끝내 체념하고 축원해주는 작자의 심리적인 갈
등과 변화가 잘 묘사되었다.

경편편(景翩翩)

벗에게 드리다(贈友)

【선려입쌍조(仙呂入雙調)·이범강아수(二犯江兒水)】

마음 서로 향하던 일
그때 마음 서로 향하던 일 생각나는데
마음이 처음부터 설레었었네.
허공에서 꽃이 떨어지고
파랑새 선회하며 날 적에
이 내 춘심 부치는데
밝은 달 떠올랐었네.
나비는 이 때문에 바빠지고
벌은 또다시 잉잉거렸네.
소양궁에서 사랑하고
고당의 꿈에서 보았지만
마치 만경창파에서 우연히 얻은 여의주 같았네.
절에서의 행적
절에서의 행적을 말해 무엇 하리오.
사마상여처럼 도망갈 상황이니
바로 사마상여처럼 도망갈 상황일 수 있으니
천태산에서 완랑 같은 당신을 만났으면.

心旌相向, 想當日心旌相向, 情調初蕩漾. 把空花落相,[290]
靑鳥迴翔. 寄春心明月上. 粉蝶爲伊忙, 游蜂還自嚷. 恩愛昭
陽,[291] 魂夢高唐, 恰便是含驪珠千頃浪.[292] 蕭寺行藏,[293]

---

290) 把空(파공): 허공에서. 파(把)는 종(從)의 의미이다.
291) 昭陽(소양): 소양궁(昭陽宮). 조비연(趙飛燕) 자매가 거주하던 궁궐의 이름으로 한(漢) 성제(成帝)에게 조비연이 총애를 받던 일을 말한다.
292) 驪珠(여주): 검은 용의 턱 밑에 있는 구슬. 귀한 것을 잠시 소유했음을 말한다.
293) 蕭寺(소사): 절. 당(唐) 이조(李肇)의 『당국사보(唐國史補)』에 의하면, 양(梁) 무제(武

說甚麼蕭寺行藏. 臨邛情況[294] 可正是臨邛情況. 向天台遇
阮郎.[295]

『전명산곡』(『청루운어』)

【해설】 이 작품은 남곡 소령으로 『명원시위초편(名媛詩緯初編)』에도 수
록되어 있다. 사랑하는 사람과 처음 만났던 순간, 마음을 전했던 상황, 사랑
을 나누었던 일, 꿈속에서 만났던 기억 등 지난 일을 돌아보면서, 더 이상
사랑을 계속할 수 없는 처지가 되어 사랑의 도피를 제안하였다. 자신의 감정
에 솔직하고 사랑에 적극적인 여인의 모습이 드러났다.

帝)가 절을 짓고 소자운(蕭子雲)에게 비백(飛白)의 서체로 소(蕭)자를 크게 쓰게 하
였다고 한다. 이로 인해 절을 소사(蕭寺)라 한다.
294) 臨邛情況(임공정황): 사마상여(司馬相如)와 탁문군(卓文君)처럼 도망가야 되는 상황.
『사기(史記)·사마상여열전(司馬相如列傳)』에 의하면, 사마상여와 탁문군이 임공현
(臨邛縣)으로 도망가서 수레와 말을 판 돈으로 주점을 열었다고 한다.
295) 天台遇阮郎(천태우완랑): 천태산(天台山)에서 완조(阮肇)를 만나다. 남조(南朝) 송
(宋) 유의경(劉義慶)의 『유명록(幽明錄)』에 의하면, 유신(劉晨)과 완조가 천태산에
약초를 캐러 들어갔다가 선녀를 만나 함께 지내고 돌아오니 이미 7대가 지나있었
다고 한다.

자수 신발을 읊어 떠나는 이에게 드리다(詠繡鞋贈別)

【남려(南呂)·칠범영롱(七犯玲瓏)】

[향라대(香羅帶)]

누가 보드라운 흰 발을 감쌌는가?
비단 신발 속에 거의 가려진 채
먼지를 수없이 고이 밟다가 다시 날린다.

誰將軟玉纏?296) 半遮湘綺邊.297) 香塵幾度嬌還顫.

[오엽아(梧葉兒)]

정말로 남들에게 사랑받을 만하구나.
무슨 일로 구름을 함께 오려냈는가
유독 상현달 앞코만 자랑하누나.

端的可人憐. 何事雲同剪? 偏誇月上弦.

[수홍화(水紅花)]

예전을 떠올리면 발꿈치에 끈이 없었는데
오색 끈으로 신발을 편리하게 하니
떠나는 배를 따라가기 알맞구나.

---

296) 軟玉(연옥): 희고 부드러운 사물. 여인의 발을 가리킨다.
297) 湘綺(상기): 상강(湘江)에서 나는 고운 비단. 여기서는 비단신발을 가리킨다.

記從前脚跟無線, 把文綦利屧,²⁹⁸⁾ 穩趁別離船.

[조라포(皂羅袍)]

왕교의 나는 신발처럼 임금 곁에서 돌아오는 일을 배우시면
조비연의 연약한 깃털처럼 바람 따라 맴도는 일을 하겠어요.
노래에 발 박자 맞추느라 손을 내리었던
그때의 화려한 술자리.
지나는 구름도 걸음을 멈추었던
언젠가의 비단 양탄자.

學王喬飛舄傍君旋, 倣昭陽弱羽隨風轉.²⁹⁹⁾ 踏歌垂手, 當年
繡筵. 行雲駐足, 何時錦氈?

[계지향(桂枝香)]

밤기운 비단 양말에 싸늘하면
저의 연심 두견새 소리에 맡길 거여요.

夜色寒羅襪, 春心托杜鵑.

[배가(排歌)]

정든 임 멀어지면
이 세상에 의지할 이 없는데
부질없이 푸른 물결에 전하는 붉은 연꽃

---

298) 文綦(문기): 무늬 있는 신발의 끈.
299) 弱羽(약우): 연약한 깃털. 한(漢) 성제(成帝)의 총애를 받은 조비연(趙飛燕)을 가리
킨다.

情踪遠, 色界懸,300) 空敎綠漾與紅傳.

[황앵아(黃鶯兒)]

그 연꽃 위를 걸어 따르느니만 못하겠지요.

不若步中蓮.

『전명산곡』(『청루운어』)

【해설】 이 작품은 여러 곡패(曲牌)의 일부분을 합쳐서 하나의 내용을 노래한 남곡 집곡(集曲)이다. 신발을 읊으며 떠나는 이에 대한 아쉬움, 좋았던 시절에 대한 추억, 홀로 남은 이의 쓸쓸한 심정을 표현하였다. 신발 끈이 있었으면 떠나는 배를 따라 좇아갔으련만 그러지 못하는 상황을 한스러워하였다. 하지만 작자는 떠난 사람을 원망하지 않고, 조정에 신발을 남기고 돌아온 왕교처럼 임이 다시 돌아오기를 기다리고 있다. 여러 곡패의 일부를 가져왔지만 전송하는 여인의 발에서 임을 따라가고 싶은 발걸음으로 이어지는 시상연결이 매우 자연스럽게 연결되었다.

▲고대 여인의 전족(纏足)

300) 色界(색계): 불교 용어. 삼계의 하나로 욕계(欲界)의 위에 있으며 무색계(無色界)의
아래에 있다. 아름다운 사물은 존재하지만 남녀 간의 탐욕은 없는 세상을 말한다.
懸(현): 고립되다. 의지할 바 없다.

장경경(蔣瓊瓊)

규방의 그리움(閨思) - 봄

【선려(仙呂)·계지향(桂枝香)】제1수

맑은 호수는 거울 같고
농염한 도화 비단 같은데
뭇 손님들이 서로 불러댈까 두려운 탓에
비단 휘장에 기대 아프다고 핑계 댄다.
한결 같은 마음으로 그이 기다리리
한결 같은 마음으로 그이 기다리리.
그이는 고상하고 운치 있으며
풍류는 맑고 빼어났지.
그이와 함께라면
반나절 복사꽃 아래 있는 것이
한평생 보내는 것보다 낫다네.

澄湖如鏡, 濃桃如錦. 心驚俗客相邀, 故倚繡幃稱病. 一心心
待君, 一心心待君. 爲君高韻, 風流淸俊. 得隨君, 半日桃花
下, 强如過一生.

규방의 그리움(閨思) - 여름

【선려(仙呂)·계지향(桂枝香)】 제2수

푸른 난초 꽃망울 터지려 하고
붉은 연꽃 막 피어난 이 때.
맑고 그윽한 화려한 방에서
옥 같은 이와 함께 즐기지 못해 공연히 안타까워하네.
「남훈」 부르던 그이 좋아하네.
「남훈」 부르던 그이 좋아하네.
주렴 다 걷어 올리고
연못 난간에 홀로 기대었네.
그이가 탄 배 기다리며
그이가 새로 쓴 곡
두세 편을 나직이 읊어보네.

碧蘭將綻, 紅蕖初展. 空憐金屋淸幽, 不共玉人歡宴. 喜南薰
可人,[301] 喜南薰可人. 把珠簾盡捲, 獨憑池檻. 候郎船, 試
把郎新曲, 微吟三兩篇.

---

301) 南薰(남훈): 고대 악곡명. 『예기(禮記)·악기(樂記)』에 의하면 순임금이 지었다고 한
다.
可人(가인): 덕이 있는 사람, 사랑하는 사람, 마음이 맞는 사람 등을 뜻한다.

규방의 그리움(閨思) - 가을

【선려(仙呂)·계지향(桂枝香)】제3수

시를 오랫동안 쓰지 않았지만
선선한 가을에는 분명 만나겠지.
고아한 시로 화답해주는 이 없지만
그래도 상대해줄 국화는 있다네.
얼마나 오랫동안 오지 않았던가
얼마나 오랫동안 오지 않았던가.
편지 있어도 보내기 어려우니
울적한 마음은 취한 듯.
꽃가지에 묻나니
언제쯤 동쪽 울타리 아래에서
즐겁게 함께 술잔을 들까요?

詩篇久廢, 秋涼應會. 雖無白雪相酬,302) 頗有黃花堪對. 許
多時未來, 許多時未來. 有書難寄, 悶懷如醉. 問花枝, 何日
東籬下, 陶然共擧杯?

302) 白雪(백설): 고아한 시사(詩詞)를 비유한 말이다.

규방의 그리움(閨思) - 겨울

【선려(仙呂)·계지향(桂枝香)】 제4수

한기가 비취휘장에 심할 때
꿈에 까마귀 소리 듣고 깨어났네.
애처로이 눈송이 펄펄 날리니
배꽃 어지러이 떨어지는 것 같구나.
생각하면 그이 더욱 그리워
생각하면 그이 더욱 그리워.
함께 술 마실 이 없기에
홀로 붉은 누각에서 읊조린다.
그이 떠난 강을 바라보니
스러지는 안개 너머로 어찌하여
작은 배는 눈 맞으며 지나가는가.

寒深翠幕, 夢醒烏鴉. 生憐雪片紛飛, 宛似梨花亂落. 更思君
想君, 更思君想君. 無緣共酌, 獨吟紅閣. 望君河, 怎得殘煙
外, 扁舟帶雪過.

규방의 그리움(閨思) - 새벽

【선려(仙呂)·계지향(桂枝香)】 제5수

더운 날씨에 놀라서
일찌감치 새벽달 뜰 때 나왔네.
성곽에는 물시계 소리 이미 다하였고
호숫가에는 일찌감치 배 띄우는 이 많구나.
이 맘 때 오기 좋아라
이 맘 때 오기 좋아라.
동방에 동이 트니
북문이 열린다.
화려한 수레여
연꽃 향 날리는 섬 지나치지 마시고
먼저 소옥을 위해 멈춰 서시길.

來驚天熱, 嘗乘曉月. 城頭已盡更籌, 湖上早多鳴楫303). 這
些時好來, 這些時好來. 東方動也, 北門開者. 七香車,304)
莫過荷香渚, 先爲小玉遮.305)

303) 鳴楫(명즙): 출항하다. 배를 띄우다.
304) 七香車(칠향거): 여러 가지 향료를 바르거나 향목(香木)으로 만든 수레로서 화려한
수레를 가리킨다.
305) 小玉(소옥): 시녀. 여기에서는 기녀인 작가 자신을 가리킨다.
遮(차): 막다. 멈추다.

규방의 그리움(閨思) – 밤

【선려(仙呂)·계지향(桂枝香)】 제6수

섬돌 앞에 잎이 질 때
안개 속에 노 젓는 소리 나네.
창은 첩첩 푸른 산을 머금었고
주렴엔 호수에 뜬 초승달이 걸려있네.
붉은 누각에서 한창 그리워하네
붉은 누각에서 한창 그리워하네.
이 마음 맺힌 듯하여
금전화 꽃잎 심드렁하게 뜯어내네.
기쁘게도 그이 수레 왔으니
취한 이 부축하여 돌아와
서둘러 비단 이불 펼치리.

墀前落葉, 烟中鳴榔. 窗含萬疊青山, 簾捲半湖初月. 倚紅樓
正思, 倚紅樓正思. 此心如結, 金錢懶跌. 喜君車, 扶醉還來
也, 忙將繡被揭.

『전명산곡』(『명원시위초편』)

【해설】 이 작품은 남곡 중두 6수이다. 단 한 사람만을 기다리는 애틋함,
그 사랑을 독차지하고 싶은 마음, 만난 뒤의 기쁨 등 정인(情人)에 대한 감
정들을 내면에 숨겨두지 않고 솔직하게 드러내었다. 봄, 여름, 가을, 겨울
사계절의 시간에 새벽과 밤의 시간을 더하여 연작한 작품으로 제1수에서
제4수까지는 1년 기다림의 시간을, 제5수와 제6수는 만난 날 하루의 시간을
묘사하였다. 만나게 되는 날 아침에는 정인이 다른 여인들을 만날까 조바심

내다가, 저녁에 만났을 때는 기쁜 마음을 숨김없이 표현하였다. 진솔한 감정이 진하게 느껴진다.

호문여(呼文如)

사계절의 노래(四時詞) - 봄

【선려(仙呂)·조라포(皂羅袍)】제1수

벌써 등불 다는 봄이라
연이어 나는 제비를 보니
쌍쌍이 비스듬히 기대어 나네.
느릅나무 열매 돈은 봄바람 부는 밤을 살 수 없고
버들솜은 일부러 잔설처럼 날리네.
문은 겹겹이 닫혀있고
등은 거의 꺼져가네.
그 사람 만나지 못하니
이 아픔을 어찌 말하랴?
가는 허리는 치마 주름으로 가리었구나.

早是燈兒時節, 見燕兒作疊, 對對欹斜. 楡錢兒買不得春風
夜, 楊花兒故意飛殘雪. 門兒重掩, 燈兒半滅. 人兒不見, 病
兒怎說? 腰兒掩過裙兒摺.

사계절의 노래(四時詞) - 여름

【선려(仙呂)·조라포(皂羅袍)】 제2수

벌써 꾀꼬리 우는 여름이라
물 위로 솟은 연꽃을 보니
꽃잎 한 장 한 장 풍류 넘치네.
마음속의 정욕은 붉은 석류를 두려워하고
콧속 시린 콧물은 매실보다 시큼하네.
문은 겹겹이 닫혀있고
주렴은 반쯤 걷혀있네.
그 사람을 만나지 못하니
이 아픔을 어찌 고치랴?
부채는 미간 주름처럼 접혀있구나.

早是鶯兒時候, 見蓮花兒出水, 瓣瓣風流. 心兒慾火畏紅榴,
鼻兒酸涕過梅豆. 門兒重掩, 簾兒半鉤. 人兒不見, 病兒怎
瘳? 扇兒摺疊眉兒皺.

사계절의 노래(四時詞) – 가을

【선려(仙呂)·조라포(皂羅袍)】 제3수

벌써 기러기 날아가는 가을이라
이슬방울에 더위 가시는 모습 보자니
방울방울 내 옷에 스며드네.
칠석의 초승달 내 창자를 찌르고
다듬이 소리 집집마다 애간장을 부수네.
문은 겹겹이 닫혀있고
휘장은 반쯤 드리웠네.
그 사람을 만나지 못하니
이 아픔을 어찌 견디랴?
편지로는 마음 속 시름을 쓰기 어렵구나.

早是雁兒天氣, 見露珠兒奪暑, 點點侵衣. 斜兒七夕把腸
刺,306) 砧兒萬戶敲肝碎. 門兒重掩, 帳兒半垂. 人兒不見,
病兒怎支? 書兒難寫心兒事.

306) 斜兒(사아): 기운 것. 여기서는 비스듬히 기울어진 칠석의 초승달을 가리킨다.

사계절의 노래(四時詞) - 겨울

【선려(仙呂)·조라포(皂羅袍)】 제4수

벌써 눈이 날리는 겨울이라
산뜻한 매화를 보니
꽃술마다 봄을 다투네.
꿈마저 얼어붙어 넋이 나가고
입김 불어 봐도 조금도 나오지 않네.
문은 겹겹이 닫혀 있고
이불은 반쯤 향이 나네.
그 사람 만나지 못하니
이 아픔을 어찌 이기랴?
병풍에 화로를 가까이 두어도 침상은 차갑구나.

早是雪兒飄粉, 見梅花瀟灑, 蕊蕊爭春. 夢兒凍死也離魂, 氣
兒呵殺全無影. 門兒重掩, 被兒半薰. 人兒不見, 病兒怎禁?
屏兒靠熱牀兒冷.

『전명산곡』(『명원시위초편』)

【해설】 이 작품은 남곡 중두 4수이다. 사랑하는 사람을 그리는 마음을 사계
절의 풍경을 통해 노래하였다. 매 수 마지막 구절마다 치마 주름, 부채 주름,
편지, 침상 등의 사물을 비유로 들어 근심스럽고 외로운 마음을 곡진하게 묘사
하였다. 제2수에서 "마음속의 정욕은 붉은 석류를 두려워하고, 콧속 시린 콧물
은 매실보다 시큼하네(心兒慾火畏紅榴, 鼻兒酸涕過梅豆)"라고 한 구절은 시
각, 촉각, 미각 등 다양한 감각적 이미지를 활용하여 추상적인 감정을 구체적
으로 표현하였다. 또한 '등아(燈兒)', '연아(燕兒)', '유전아(楡錢兒)', '양화아

171

(楊花兒)', '문아(門兒)', '인아(人兒)', '병아(病兒)', '요아(腰兒)', '군아(裙兒)' 등 명사마다 아(兒)자를 붙여서 운율미가 돋보인다.

학상아(郝湘娥)

달밤(月夜)

【상조(商調)·황앵아(黃鶯兒)】 제1수

오늘밤이 무슨 날이던가.
남쪽 누각에 달이 한창 둥근데
바라보니 모두가 달 같은 여인들.
노을 술잔 다투어 돌리며
「양춘곡」을 함께 짓는데
어여쁘게 웃고 떠드는 모습이 모두 아름답구나.
장차 현을 타면서
흠뻑 취해서
멋진 남자 어깨에 기대려고 다투지 말라.

今夕是何年? 向南樓月正圓, 相看總是嬋娟面. 霞觴競傳,
陽春共聯,307) 盈盈笑語皆生豔. 且調弦, 莫敎沉醉, 爭倚玉
郞肩.

---

307) 陽春(양춘): 양춘곡(陽春曲). 고아한 노래.

【상조(商調)·황앵아(黃鶯兒)】 제2수

달에 흐린 안개조차 없으니
이 밤 깊어지며 흥이 더욱 나는데
누각에 누워 달구경 즐겼던 유공도 분명 우리만 못하리라.
사람도 둥글고 달도 둥글며
노래와 웃음소리 떠들썩하니
석숭의 금곡원이 어찌 부러울 손가.
한껏 머물며 즐기는데
추색이 만연한 가운데
토끼가 갑자기 현을 떠나듯 저 달이 지는구나.

玉宇迥無煙,308) 到更深興益添, 庾樓樂事還應淺.309) 人圓
月圓, 歌喧笑喧, 石家金谷何須羨.310) 漫留連, 平分秋色,
狡兔乍離弦.311)

---

308) 玉宇(옥우): 신선이나 옥황상제가 사는 궁궐. 여기서는 달을 가리킨다.
309) 庾樓(유루): 유공루(庾公樓). 남조(南朝) 유의경(劉義慶)의 『세설신어(世說新語)·용
    지(容止)』에 의하면, 유량이 이 누각에 누워 날이 밝도록 달구경을 하였다고 한다.
    이로부터 이 누각을 완월루(玩月樓)라고도 한다.
    樂事(낙사): 달구경을 가리킨다.
310) 石家(석가): 서진(西晉)의 부호(富豪) 석숭(石崇)을 가리킨다.
    金谷(금곡): 금곡원(金谷園). 석숭의 별장으로 하남성(河南省) 낙양시(洛陽市) 동북
    쪽에 유적이 남아 있다.
311) 狡兔乍離弦(교토사이현): 교활한 토끼가 현을 떠나다. 여기서는 달이 지는 것을 비
    유한다.

175

【상조(商調)·황앵아(黃鶯兒)】 제3수

절로 고운 저 달은
늘 홀로 잠드는 항아를 비웃으며
동심결은 어쩌하냐고 한다.
청아한 음악소리
전자 향 자욱이 피우고
금 술잔을 앞 다퉈 그이에게 권하노라.
더욱 가련하게도
오늘 밤 맑은 꿈속에서
누구 곁에 계실지 아는가.

桂魄自娟娟,　笑嫦娥鎭獨眠,　何如一隊同心串.　冷冷管
弦,312) 霏霏篆煙, 金杯競把檀郞勸. 更堪憐, 今宵淸夢, 知
道阿誰邊.

『전명산곡』(『명원시위초편』)

【해설】 이 작품은 남곡 중두 3수이다. 어느 가을밤 여러 사람들이 함께
누각에서 모여 떠들썩하게 달구경하는 모습을 노래하였다. 아마도 모여 있
는 사람들 중에 사모하는 이도 함께 있었던 것 같다. 흥겹게 노닐다보니 어
느덧 달도 지려하고, 여흥도 거의 사라지려한다. 마음을 직접적으로 드러내
지 못하고, 멀리서만 바라보고 있어 더 여운이 남는다.

312) 冷冷(냉냉): 소리가 맑고 깨끗한 것을 형용하는 의성어.

고장분(顧長芬)

진생에게 드리다(贈陳生)

【상조(商調)·황앵아(黃鶯兒)】

사랑의 맹세 한 뒤로
당신 마음이 오로지 저뿐임을 느끼면서
서호 소나무 아래의 만남을 때때로 생각하지요.
푸른 하늘에게 사랑받길 축원하고
백년해로하기를 원하지요.
굳센 정조 지키며 바람꽃 좇아 맴돌겠어요.
좋은 인연 맺어서
이생에서 영원히 잘 지내며
한 마리 비익조를 본받겠어요.

一自結盟言, 感卿卿心最專.313) 西陵松柏時相念.314) 祝蒼
天見憐, 願和諧百年, 守堅貞肯逐風花轉.315) 結良緣, 今生
永好, 比翼效鶼鶼.

『전명산곡』(『청루운어』)

【해설】 이 작품은 남곡 소령이다. 진생에게 바치는 사랑의 노래이다. 비익
조는 암컷과 수컷의 눈과 날개가 하나씩이어서 짝을 짓지 않으면 날지 못한
다는 전설의 새이다. 비익조를 본받겠다는 맹세에서 영원히 사랑을 함께 하
겠다는 여인의 굳은 의지를 느낄 수 있다.

313) 卿卿(경경): 당신을 경으로 대하다. 남편을 친근하게 부르는 호칭이다.
314) 西陵松柏(서릉송백): 서호(西湖)의 소나무 아래서 남녀 간의 정을 맺다. 고악부(古
樂府) 「전당소소소가(錢塘蘇小小歌)」에 "저는 기름칠 수레를 타고 그대는 청총마를
타요. 어디서 한 마음으로 맺을까나 서호의 소나무 아래지요(妾乘油壁車, 郞跨靑驄
馬, 何處結同心, 西陵松柏下)"라는 구절이 있다.
315) 風花(풍화): 바람꽃. 원래는 자연경물을 묘사한 말이었으나 사랑을 의미하게 되었
다.

동여영(董如瑛)

벗에게 드리다(贈友)

【선여입쌍조(仙呂入雙調)·보보교(步步嬌)】

등불 앞에서 웃으며 당신 얼굴 껴안느라
살쩍머리 늘어지고 구름머리 헝클어졌네.
하룻밤이 한 해 같아 정말 즐거운데
양대 꿈을 겁내는 건
애정이 권태로워질까 느껴서라네.
침상에 기대 두 어깨 나란히 하고
가쁜 호흡으로 떨리는 미인을 어이하리오.

燈前笑擁芙蓉面,316)　鬢軃雲鬢亂.　偏喜夜如年,　夢怯陽
臺,317) 自覺情兒倦. 欹枕竝香肩, 喘吁吁不奈多嬌顫.318)

『전명산곡』(『청루운어』)

【해설】 이 작품은 남곡 소령이다. 보통 기녀문학에서 '벗'은 정인(情人)을
가리키는데, 임과 사랑을 나누었던 장면을 농염하게 표현하였다. 사랑 앞에
숨김없이 진솔한 내면을 한껏 드러내었다.

---

316) 芙蓉(부용): 지아비의 얼굴. 부용(夫容)과 발음이 같아서 차용해서 쓰인다.
317) 양대(陽臺): 양대몽(陽臺夢). 전국(戰國) 시기 송옥(宋玉)의 「고당부(高唐賦)」에 의하
　　면, 초(楚) 회왕(懷王)과 무산(巫山)의 신녀가 꿈속에서 만나 정을 나누었던 장소라
　　고 한다.
318) 多嬌(다교): 미인.

동정정(董貞貞)

배생이 나에게 들러주어 기뻐하며(喜裴生見過)

【남여(南呂)·나화미(懶畵眉)】

꽃 아래 만나려고 잠시 말고삐 멈추었다.
바로 마음 다해 가녀린 미인을 사랑하였다.
춘정을 어찌 그대 위해 내던지지 못하랴?
잠시 마주하며 서로에게 기우는데
거문고소리를 남몰래 퉁길 필요 있으랴!

相逢花下乍停鑣. 便覺傾心愛楚腰.319) 春情能不爲君抛? 片
時相對相傾倒, 何必琴心暗裏挑!

『전명산곡』(『명원시위초편』)

【해설】이 작품은 남곡 소령이다. 꽃 아래서 배생을 만나 춘정을 이기지
못해 사랑을 나누는 장면을 노래하였다. 남녀상열(男女相悅)의 정을 마다할
사람이 어디 있을까. 그래서 동정정은 서로가 좋아해서 만나는 데 남몰래
숨어서 만날 필요가 있냐고 당당하게 말한다. 참으로 진정(眞情)에 호소하
는 노래이다.

---

319) 楚腰(초요): 허리가 가는 여인. 미인을 가리킨다. 초(楚) 영왕(靈王)이 가는 허리의
궁녀를 좋아하였는데, 이로부터 초요는 허리가 가는 아름다운 여인을 가리키는 말
이 되었다.

설소소(薛素素)

이생에게 보이다(示李生)

【선려(仙呂)·계지향(桂枝香)】

초록 창에 안개 어둑하고
푸른 계단에 달빛 싸늘하지요.
다정한 이에게 내 마음을 하소연하고자 하나
또 옆 사람이 엿들을까 걱정되어
나지막이 그대를 불러
나지막이 그대를 불러
그대와 꽃길을 남몰래 거닐며
넌지시 마음을 기약하려고요.
거듭 당부하건대
남들 앞에서 말하지 마시길
부질없이 박정하다는 이름만 얻게 될까봐.

綠窓烟暝, 蒼堦月冷. 向多情欲訴衷腸, 又恐怕傍人私聽. 低
低喚郎, 低低喚郎, 與你潛行花徑, 把心期偸訂. 更叮嚀, 莫
向人前語, 空躭薄倖名.

『전명산곡』(『청루운어』)

【해설】 이 작품은 남곡 소령이다. 이생에게 편지로 써서 보낸 작품으로
안개 낀 달밤에 남몰래 꽃길을 거닐자는 약속과 남들에게 말하지 말라는
당부를 전하고 있다. 이제 막 마음을 주고받은 두 사람의 은밀하고 조심스러
운 사랑이 한껏 느껴진다. 「배생이 들러주어 기뻐하며(喜裴生見過)」에서 동
정정이 남의 눈치 보지 않고 사랑하겠다고 한 것과는 사뭇 다른 분위기다.

마수(馬綏)

장생에게 드리다(贈張生)

【선려(仙呂) · 취부귀(醉扶歸)】

그윽한 창가에 앉아 반악 같은 그대 모습 떠올리지만
풍류를 따졌지 육랑같은 외모를 따지진 않았지요.
잠시 만났다 바로 그만뒀지만
하루 종일 그리워하게 되었지요.
사랑 때문에 부질없이 고민하며 울적해한다고 비웃겠지만
그대 맘에 들꽃 같은 나를 좋아하지 않을까봐 걱정이지요.

向幽窗坐憶河陽貌.320)　等風流不數六郎嬌.321)　乍時相見便
相抛, 好敎人鎭日縈懷抱. 笑情癡空自悶無聊,322) 怕君心不
戀我閑花草.323)

『전명산곡』(『명원시위초편』)

【해설】 이 작품은 북곡 소령이다. 장생에게 보내는 사랑의 고백인데 장생
은 반악처럼 잘 생긴데다 풍류도 아는 사람이었던 것 같다. 마수는 장생을
보자마자 사랑에 빠졌지만 장생은 잠시 마음을 주고 떠났던 것으로 보인다.
기녀의 처지인 자신을 좋아하지 않을까 염려하며, 붙들고 싶지만 붙들 수
없는 안타까운 심정을 드러내었다.

320) 河陽(하양): 진(晉) 반악(潘岳). 일찍이 하양의 현령을 지냈었다. 미남자의 대명사로
　　쓰인다.
321) 六郎(육랑): 당(唐) 장창종(張昌宗). 역시 잘생긴 남자를 가리킨다. 형인 장역지(張易
　　之)와 함께 무측천(武則天)의 총애를 받았는데, 장역지는 오랑(五郎), 장창종은 육
　　랑으로 불리었다.
322) 無聊(무료): 울적해하다.
323) 閑花草(한화초): 한갓진 곳에 핀 들꽃. 주인 없는 꽃으로 기녀를 비유한다.

초기(楚妓)

벗에게 부치다(寄友)

【상조(商調)·황앵아(黃鶯兒)】

풍월을 멜대에 매어
어깨에 올릴 때 가장 힘들었지만
고른 것은 바로 진짜 강한 사내였지.
다리 저리도록 눌리고
입이 마르도록 헐떡이지만
도중에 또 밧줄 끊어질까 정말 두렵구나.
이 고통을 견디나니
한바탕 이 고생이야
벗어던지면 그만이지.

風月擔兒拴,324) 上肩時難上難, 挑得的便是眞鐵漢. 壓得人
腿酸, 喘得人口乾, 半途中又苦怕繩索斷. 耐些煩, 一場辛
苦, 脫卸了沒相干.

『전명산곡』(『명원시위초편』)

【해설】 이 작품은 남곡 소령이다. 『태하신주(泰霞新奏)』에는 「풍월을 매
다(風月擔)」라는 제목이 있고 기주(蘄州)의 기녀가 지었다고 되어있다. 풍
월의 정은 고금을 막론하고 인간에게 가장 보편적인 감정이 아니던가. 그래
서인지 오늘날 유행가 가사로 두고 보아도 손색이 없을 정도이다. 내려놓으
려 해도 놓을 수 없는 정 때문에 괴로워하는 심정을 솔직하게 표현하였는데,
통속적인 산곡의 진수를 보여준다.

324) 擔兒(담아): 물건을 양쪽 끝에 달아서 어깨에 메는 데 쓰는 긴 나무나 대.

풍희(馮喜)

[오가(吳歌)]

강 너머 핀 들꽃을 보고
사랑하는 오빠에게 나 대신 꽃 따오라 전하네.
누이가 말하길, 오빠
꽃을 따서 오세요.
제가 꽃을 들고서 오빠와 이별하고 싶으니
절대로 빈손으로 오지 마세요.

隔河看見野花開, 寄聲情哥郎替我采朵來.325) 姐道我郎呀,
你采子花來.326) 小阿奴奴愿捉花謝子你,327) 決弗教郎白采
來.

『괘지아』

【해설】이 작품은 민가이다. 『명원시위초편(名媛詩緯初編)』에 의하면, 풍
희가 다른 사람에게 시집가기 전날 밤, 풍몽룡에게 오 방언으로 이 곡을 불
러주었다고 한다. 풍희와 풍몽룡은 서로 친분이 두터웠던 것으로 전해지는
데, 이별에 앞서 들꽃을 따서 와달라는 노골적인 표현을 통해 두 사람의 감
정이 깊었음을 알 수 있다.

325) 寄聲(기성): 남에게 부탁해 말을 전하다.
326) 子(자): 어조사. 서술어 뒤에서 시태(時態), 동태(動態)를 표시한다. 현대 중국어의
착(着), 요(了)에 해당한다.
327) 奴奴(노노): 노비. 아녀자들이 자신을 칭할 때도 쓰인다.

떠나보내며(送別)

[타초간(打草竿)] 제1수

사랑하는 이를 보내며
무석 길까지 배웅했네.
도기 굽는 우리 오빠 한 번 불러 물었지
같은 가마에서 어찌 두 가지 다른 물건을 구워내나요?
벽돌은 이리 두꺼운데
기와는 이리 얇네요.
두꺼운 것은 바로 다른 여자들이고
얇은 것은 바로 저지요.

送情人, 直送到無錫路. 叫一聲燒窰人我的哥, 一般窰怎燒
出兩般樣貨. 磚兒這等厚, 瓦兒這等薄. 厚的就是他人也, 薄
的就是我.

[타초간(打草竿)] 제2수

그대에게 권하노니
저 가마의 열기를 멈추시라.
벽돌은 두껍고
기와는 얇지만
모두 같은 진흙이지요.
기와가 도리어 벽돌보다 귀하나니
벽돌은 땅에서 밟히지만
기와는 당신을 머리에 이고 있어서이지요.
발로 밟는 것은 다른 사람들이고
머리에 이는 것은 여전히 당신이지요.

勸君家, 休把那燒窯的氣. 磚兒厚, 瓦兒薄, 總是一樣泥. 瓦
兒反比磚兒貴, 磚兒在地下踹, 瓦兒頭頂着你. 脚踹的是他
人也, 頭頂的還是你.

『괘지아』

【해설】 이 작품은 민가이다. 구어의 생동감이 뛰어나 민가의 본색을 잘
보여주고 있다. 자신을 버리고 떠난 임을 원망하면서, 자신은 얇고 귀한 기
와에, 다른 여인들은 두껍고 흔한 벽돌에 비유하였다. 귀한 기와가 머리위에
임을 이고서 지극정성으로 대해주었지만, 그 임이 떠나버렸으니 원망하는
마음이 오죽하랴. 자신처럼 괜찮은 여인을 마다하고 떠나면 후회를 할 것이
라고 으름장도 놓아보지만, 그래도 그 사람을 아직도 머리 위에 이고 그리워
하고 있음을 노래하였다. 작자의 진솔한 감정이 느껴진다.

정운오(鄭雲璈)

사랑하는 이에게 보내며(贈情)

[간향사(揀香詞)]

분명하게 산 같은 맹세 함께 하면서
자욱하게 향로 향기 마구 피웠었네.
당신 마음 떠날까봐 두려워
향기로운 피부 맞대고
당신을 붙잡고는 향을 끝까지 살랐었네.
지금 사랑이야 끊어졌지만
이후에도 상처는 없애기 어려워라.
사랑 식어도 아프고 뜨거워도 또 아프나니
나와 당신 뜨겁게 사랑했음을 알아야 하네.

明明的山盟共設, 鬱鬱的爐香漫爇. 怕情人心見別, 貼香肌,
把着人香燒徹. 此際情兒切, 此後疤難滅. 便做了冷痛熱還
疼,328) 須知是我和伊着疼熱.

『청루운어』

【해설】 이 작품은 민가이다. 사랑하는 사람과 이별한 뒤의 아픔을 노래하
였다. 기다림에의 희망은 일찌감치 버려둔 채, 지나간 사랑을 영원히 기억하
겠다는 심경을 표현하였다. 오늘날 발라드의 가사로 두고 보아도 크게 어색
하지 않을 정도이다. 상징이나 은유 없이 지난날에 사랑했던 감정과 현재의
심정을 있는 그대로 꾸밈없이 드러내었다. 원망의 기색 없이 순정을 노래하
며 감성에 호소하고 있어 더욱 애틋하다.

328) 痛熱(통열): 사랑하다. 애지중지하다. 통애친열(痛愛親熱)과 같다.

아원(阿圓)

사랑의 장부(帳)

원수 같은 당신 때문에 사랑 장부 하나 만들었지.
지난 그리움
새로운 그리움
아침저녁으로 달아두느라 바빴네.
한 줄 한 줄
한 자 한 자
모두 장부에 분명하게 써놨네.
지난 그리움 가시기 전에
새로운 그리움이 또 한바탕 떠오르네.
사랑 장부 꺼내와 당신과 계산해보면
당신에게 얼마나 돌려줘야하나?
당신에게 그리움을 얼마나 빚졌는지 모르겠네.

爲冤家造一本相思帳. 舊相思, 新相思, 早晚登記得忙. 一行
行, 一字字, 都是明白帳. 舊相思鎖未了, 新相思又上一大
椿.329) 把相思帳出來和你算一算, 還了你多少也? 不知還欠
你多少想.

『괘지아』

【해설】이 작품은 민가이다. 정인(情人)에 대한 그리움이 얼마나 쌓여가고
있는지를 스스로 표현할 길이 없어 이를 '장부'에 비유하여 자신의 심경을
노래한 작품이다. 떠난 사람에 대한 야속함을 숨기지 않고, 오히려 그리움을
하나하나 장부에 적어 그 마음을 '빚'으로 환산하려 하고 있다. 기녀의 평범
한 일상에서 비유를 찾아 속마음을 자연스럽게 드러낸 것으로 사대부 여성
문인의 작품에서는 볼 수 없는 통속성, 진솔함이 고스란히 녹아있다.

329) 椿(장): 명사를 세는 단위. 일이나 사건을 세는 단위.

무아(巫娥)

연꽃(荷)

[일반아(一半兒)]

맑은 봄날 틈 타 정성껏 심었더니
우뚝하니 물에서 솟아 붉은 뺨 비치고
푸른 부평초 사이의 물고기 뛰어오르며 돌아갈 줄 모르네.
저녁 바람에 꺾이더니
반은 향기 머금고 반은 피어 있네.

好趁春晴着意栽, 亭亭出水映紅顋,[330] 綠萍魚躍不知回. 晚
風催, 一半兒含香, 一半兒開.

『청루시화』

【해설】 이 작품은 민간이다. 『청루시화(靑樓詩話)』에 의하면, 이 작품은
영종 때 석형(石亨)이 연 연회에서 지어진 것으로 월매(月妹)의 「달(月)」
또한 이때 함께 지어졌다. 연회가 열리던 날 밤, 달이 대낮처럼 밝았고 연꽃
향기가 바람에 실려 오자 [일반아(一半兒)]의 운으로 연회에 참석했던 모든
사람들이 돌아가며 곡을 지었다. 이 곡이 이때 무아가 지은 작품이다. 연꽃
은 자신을 비유하고, 푸른 부평초 사이로 나온 물고기는 손님들을 비유한다.
반쯤은 향기를 머금고, 반쯤은 피어있는 연꽃은 너무도 매혹적이었으리라.
연꽃에 취한 물고기들이 어찌 돌아갈 줄 알았을까.

330) 亭亭(정정): 꼿꼿이 솟은 모양.

월매(月妹)

달(月)

[일반아(一半兒)]

비가 막 개어 보름달 상쾌하고
밤바람 살랑 불어 오동잎 지는데
기운 달 걸린 나뭇가지 작은 창을 가로지른다.
저 달이 사람을 엿보는지
절반은 구름 속에 숨어서
절반만 환하구나.

滿月新凉雨乍晴, 梧桐葉落夜風輕, 一枝斜影小窗橫. 月窺
人, 一半兒雲遮, 一半兒明.

『청루시화』

【해설】 이 작품은 민가이다. 무아의 「연꽃(荷)」과 같은 날 연회에서 지어진
곡으로 봄밤의 정취를 노래하였다. 오동나무 가지가 창가를 가로지르는데 달
이 반쯤 끼어있는 장면을 포착하여, 반쯤 구름에 숨고 반쯤 내민 달의 모습이
마치 사람을 엿보는 것 같다고 표현하였다. 「일반아(一半兒)」의 묘미를 보여
준 작품으로 꼽을 만하다.

강두노(江斗奴)

정원의 배꽃은 그 빛이 흰 눈 같아
오동잎 지는 한밤에 개가 짖는다.
미인의 버들가지 허리
춤추고 나니 은빛 달이 졌구나.
봄과 여름 가을 달 할 것 없이
아무래도 내 창가의 한결같은 달만 못하리라.

梨花院落光如雪, 犬吠梧桐夜. 佳人楊柳腰, 舞罷銀蟾滅.
者春月、者夏月、者秋月, 總不如俺尋常一樣窗前月.331)

『견호집』

【해설】이 작품은 민가이다. 『견호집(堅瓠集)』에 의하면, 이 작품은 선덕(宣德) 연간에 영공(英公) 장사태(張奢泰)가 삼양(三楊)인 양사기(楊士奇), 양영(楊榮), 양부(楊溥)를 초대해 베푼 연회에서 강두노가 지은 것이다. 삼양은 영종 시기의 대신들로 강두노는 이들과 친분이 두터웠던 것으로 전해진다. 연회에서 각자 '월(月)'자가 들어간 옛 시구를 읊기로 하였는데, 양부(楊溥)는 안수(晏殊)의 「우의(寓意)」 중 "배꽃 정원에 달빛 넘실거리네.(梨花院落溶溶月.)"라는 구절을, 양사기(楊士奇)는 위장(韋莊)의 「귀공자(貴公子)」 중 "오동나무 달 뜬 밤에 금방울 단 개가 짖네.(金鈴犬吠梧桐月.)"라는 구절을, 양영(楊榮)은 안기도(晏幾道)의 「자고천(鷓鴣天)」 중 "춤추다보니 버드나무 누대 위에 뜬 달이 지네.(舞低楊柳樓心月.)"라는 구절을 읊었다. 이 때 강두노가 나서서 이 곡을 읊자 모두 칭찬하였다고 한다. 처음 세 구절은 각각 삼양이 읊은 구절을 절묘하게 바꾸어 조합한 것으로 마지막 구절에서 봄, 여름, 가을의 달이 자기 창가의 달보다 못하다는 것은 자신의 재주가 삼양의 그것보다 뛰어남

331) 尋常一樣窗前月(심상일양창전월): 창가의 한결같은 달. 이 구절은 송(宋) 두순(杜舜) 시 「한야(寒夜)」의 "평상시와 같은 창가의 달인데 매화가 있고 나서야 달라 보이네.(尋常一樣窗前月, 才有梅花便不同.)"에서 나왔다.

을 말한 것이다. 강두노의 도발적이면서 당돌한 모습, 재기발랄함을 엿볼 수 있다.

부록

산곡이란 무엇인가

산곡은 음악에 맞춰 노래하던 송사(宋詞)의 뒤를 이어 금원(金元) 시기 북방에서 유행한 새로운 문학양식이다. 사처럼 음악에 맞추어 노래 부르는 형식이기에 '악부(樂府)', '북악부(北樂府)', '소악부(小樂府)', '신악부(新樂府)', '금악부(今樂府)' 등으로도 불린다. 이는 대사[科白]와 동작이 있는 잡극(雜劇)과 구분되지만, 산곡과 잡극 모두 동일한 음악을 사용하기 때문에 희곡(戲曲)이라고 병칭된다.

희곡의 음악은 남곡(南曲)과 북곡(北曲)으로 구분되는데, 남곡은 남방의 음악이고 북곡은 북방의 음악이다. 북곡은 원대 희곡에 사용되어 명대 전기(傳奇)가 등장하기 전까지 줄곧 성행하였다. 북곡은 당송(唐宋) 대곡(大曲), 제궁조(諸宮調), 송사(宋詞), 고자사(鼓子詞) 및 북방의 여러 민족음악에서 기원하였는데, 이중 제궁조의 영향이 가장 크고 직접적이라고 할 수 있다. 남곡은 송대의 희곡 남희(南戲)에 사용되면서 남방에서 유행하였지만, 원대 북방 민족인 몽골족의 취향에 맞지 않아 원대에는 쇠퇴하였다. 명대의 새로운 희곡 전기에 주로 사용되면서 다시 성행하게 되었다.

산곡은 사와 유사하다. 사와 곡은 모두 음악에 맞추어 노래하기 때문에 각 곡조마다 악보가 있는데, 이를 각각 사패(詞牌)와 곡패(曲牌)라고 한다. 이러한 사패와 곡패는 모두 정해진 이름과 곡조가 있고, 곡패는 여기에 곡조가 속한 궁조(宮調)를 함께 표기한다. 예컨대 사의 경우 〈계지향(桂枝香)〉이라고 표기하지만, 곡의 경우 【선려(仙呂)·계지향(桂枝香)】이라고 표기하여 계지향이 속해 있는 궁조인 선려를 그 앞에 표기한다.

곡패는 명대 심경(沈璟, 1553~1610)의 『구궁사보(九宮詞譜)』에 의하면 모두 685종이 있었다고 한다. 곡패에 이름을 붙이는 방식은 다양하다. 예컨대 지명에서 유래한 [양주서(梁州序)], [복주가(福州歌)], 박자나 리듬의 특징에서 유래한 [장박(長拍)], [단박(短拍)], [절절고(節節高)], 악곡의 구성에서 유래한 [삼단자(三段子)], [사환두(四換頭)], [삼부악(三部樂)] 등 다양한 명명 방식이 존재한다. 이밖에도 곡조의 유래나 다른 민족 언어를 음역하여 명명하는 방식도 있다. 이러한 곡패는 원래 성악곡이었는데, 나중에는 악기 연주에 사용되면서 점차 기악곡으로 바뀌었다.

산곡은 이처럼 사와 유사한 면이 있지만, 명백히 다른 특징 또한 지니고 있다. 첫째, 산곡은 자구(字句)에 많은 변화를 줄 수 있다. 사와 곡이 사패와 곡패의 악보에 따라 가사를 채워 넣는 방식은 동일하지만, 사가 사패의 곡보를 엄격히 지키는 데 비해, 산곡은 곡보에 정해진 자구를 자유롭게 늘릴 수 있다. 따라서 같은 곡패의 작품이라고 해도 작가마다 구 수와 글자 수에 많은 차이가 있다. 이때 곡보에 정해진 글자보다 많아진 글자를 '친자(襯字)'라고 한다. 친자는 주로 부사나 조사처럼 별로 중요하지 않은 글자로 이루어지며, 많게는 수십 자까지 사용된다. 이러한 친자는 곡보에 작은 글씨로 표기되지만, 작품상에는 정자(正字)와 거의 구별되지 않는다.

둘째, 산곡은 압운 방식이 비교적 자유롭다. 사는 19운부(韻部)로서 평성(平聲), 상성(上聲), 거성(去聲), 입성(入聲)의 4성이 있으며, 평성과 측성의 구별이 있다. 이에 비해 산곡은 거의 매 구마다 압운하지만, 입성이 없고 평성, 상성, 거성의 3성을 통틀어 압운한다. 따라서 평성운이나 측성운 하나로 압운하거나 평측운을 환운하여 압운하는 사보다 압운 면에서 훨씬 자유롭다고 할 수 있다.

셋째, 산곡의 언어는 통속적이고 구어적이다. 사와 곡은 모두 민간의 가요에서 비롯되었다. 사는 문인의 창작을 거치면서 점차 문아해졌는데, 그 결과 민가 본래의 특색을 상실하고 말았다. 이에 반해 산곡 작가들은 한족 지식인이라는 이유로 몽골족의 억압을 받으면서 정계에 진출하기는커녕 평생 하층민으로 살아가야 했기에 하층민의 생활상을 잘 알고 있었고, 그들의 언어에도 친숙한 면이 있었다. 이에 내용이나 언어 면에서 민간문학 특유의 통속적이고 구어적인 특색을 강하게 드러난다. 이러한 산곡의 통속성은 명대에도 이어진다. 비록 명대에 산곡이 문인화, 형식화되는 경향으로 나가기는 하였지만, 그 이면에는 통속성이 여전히 이어지고 있었다.

산곡의 체재는 크게 소령(小令)과 투수(套數) 두 가지로 나뉘며, 그 중간에 대과곡(帶過曲)이 있다. 소령은 가장 간단한 형식의 산곡으로 사의 소령과 비슷하다. 다만 사의 소령은 보통 58자 이내의 작품을 말하지만, 산곡에서는 자수의 제한 없이 100자가 넘는 작품들도 있다. 대과곡은 동일한 궁조에 속하는 다른 곡패를 조합하여 한 작품을 만드는 형식이다. 곡패의 명칭은 【고미주대태평령(沽美酒帶太平令)】과 같이 표기하는데, [고미주]와 [태평령] 곡패를 조합하였다는 의미이다. 이러한 대과곡은 같은 궁조에 속하는 곡패들을 조합하는 것이 가장 이상적이지만, 다른 궁조의 곡패로도 조합할 수 있다. 다만 이 경우 반드시 음률이 조화를 이루어야 한다. 또한 동일한 운부로 압운해야 하고, 세 곡을 초과해서도 안 되며, 곡보의 정해진 규칙을 따라야 한다.

투수는 가장 긴 형태의 산곡으로 산투(散套), 투곡(套曲), 연투(聯套), 대령(大令)이라고도 부른다. 이는 같은 궁조에 속한 여러 곡패를 일정한 순서에 따라 조합하여 한 작품을 만드는 형식이다. 짧은 것은 서너 곡의 곡패로 이루어지지만 긴 것은 수십 곡에 달하기도 한다. 편폭이 길기 때문에 복잡한 내용을 노래하는 데 적합하다. 편폭의 제한은 없지만 처음부터 끝까지 동일한 운부로 압운해야 한다. 마지막 부분에는 대체로 미성(尾聲)을 둔다. 미성은 살(煞), 살미(煞尾), 수미(收尾)라고도 하는데 작품이 끝나는 것을 의미한다.

이밖에도 집곡(集曲), 중두(重頭), 적조(適調)의 형식이 있다. 집곡은 동일한 궁조의 곡패에서 일부분을 떼어내어 모으거나 다른 궁조의 곡패에서 일부분을 떼어내어 모은 것이다. 중두는 동일한 곡패를 반복 사용하여 봄, 여름, 가을, 겨울처럼 연속되는 사물이나 희노애락 등의 감정을 노래하는 것이고, 적조는 투수 가운데 뛰어난 한두 곡을 골라내어 소령처럼 노래하는 형식이다.

명대 여성 산곡의 세계

산곡은 시(詩), 사(詞)와 함께 중국문학을 대표하는 운문 장르로서 음악에 맞추어 불렀던 노래가사였다. 송대의 사가 문인화되고, 고급 장르로 간주되면서 노래가사로서의 기능, 본래의 생기와 통속성을 상실해가자 원대에 이르러 산곡이라는 새로운 형식의 노래가 나타나게 되었다. 산곡은 원대에 크게 흥행하면서 고려 후기 시가에도 영향을 끼쳤는데, 이 때문에 일찍이 국문학에서 산곡의 의미와 가치에 대해 주목해왔다.

원대에 출현하여 점차 흥행해가던 산곡은 명대에 이르러 획기적으로 성행하게 된다. 『전원산곡(全元散曲)』에 작가 213명의 작품 4,170수(소령 3,760수, 투수 410수)가 수록되어있는 것에 비해, 『전명산곡(全明散曲)』에는 작가 406명의 작품 12,670수(소령 10,606수, 투수 2,064수)가 수록되어있다. 물론 원대가 거의 100년, 명대가 300년이 못되는 기간 동안 이어졌던 점은 감안해야겠지만, 거의 비슷한 기간인 청대(淸代)의 경우에도 『전청산곡(全淸散曲)』에 작가 342명의 작품 4,380수(소령 3,214수, 투수 1,166수)이 수록되어있다. 이를 보더라도 명대에 산곡이 얼마나 성행하였는지 짐작할 수 있다. 더욱이 1994년 사백양(謝伯陽)이 『전명산곡』을 편집한 이래로, 지속적으로 새로운 작가의 작품들이 발굴되고 있는데, 잘 알려지지 않아 누락된 작가와 작품들까지 생각한다면 그 규모는 실로 놀라운 것이다.

『금병매(金甁梅)』를 비롯하여 명대에 나온 소설 작품에는 연회 뿐 아니라 일상생활에서 산곡을 짓고 노래를 부르는 장면을 흔하게 찾아볼 수 있다. 당시 사람들의 일상에 산곡이 얼마나 깊게 스며들었는지 알 수 있는 대목이다. 이러한 분위기를 증명하듯, 명대에는 개인 곡집(曲集)이나 산곡 선집 출판도 흥행하였는데, 아쉽게도 제목만 전해지고 작품들이 일실(逸

失)된 것이 적지 않다. 이는 산곡이라는 장르를 이해하는 중요한 지점이 된다. 즉 산곡의 가치와 중요성을 인식하고, 이를 체계적으로 정리하여 보존하려는 노력이 거의 없었다는 것이다. 사실 산곡이 문인들에게 천대받은 장르라고 해도 과언이 아니다.

이는 지금 우리의 경우를 보더라도 크게 다르지 않다. 노래 가사가 좋아서 따라 부르고 외우기도 하지만, 그렇다고 통속적이고 대중적인 가사를 순수문학인 시처럼 연구의 대상으로 삼거나 이를 기록하고 보존해야할 대상으로 인식하지 않는다. 아마 당시 산곡도 그러지 않았을까. 산곡은 당시의 삶과 정서를 오롯이 담아내며 사람들의 입에 즐겨 오르내렸다. 지극히 솔직한 감정을 토로하고, 흔하고 평범한 일상을 노래한 것이 산곡의 가장 큰 장점이자 미덕이었다. 하지만 바로 너무도 통속적이라는 점 때문에 산곡은 정통문학으로 인정받지 못하였고, 시나 사보다 하위에 있는 장르로 인식되었다. 이러한 인식은 현재 학계에서도 여전히 유효하다.

더욱이 산곡에 대한 관심은 대부분 원대에 집중되어있다. 원대 중엽 이후 산곡이 형식미를 중시하기 시작하면서, 명대에 지나치게 수사 기교와 격률을 추구하는 형식적인 유미주의로 흘러가자 명대 산곡이 장르의 본색을 잃고 쇠퇴되어가는 과정으로 갔다고 보는 견해가 일반적이다. 그럼에도 명대 산곡은 노래가사로서의 본색을 이어가면서, 형식, 내용, 음악 등 방면에서 많은 변화를 겪으며, 원대 산곡과는 다른, 더욱 세련되고 우아한 풍격을 이루어내었다.

명대 산곡에서 가장 큰 변화는 후기에 이르러 남곡인 곤곡(崑曲)이 크게 흥행하면서 일어났다. 위량보(魏良輔, 1489~1566)가 남곡과 북곡의 장점을 모두 흡수하여 곤강을 재정비하자 청아하고 부드러운 풍격의 곤곡이 중국 전역에 널리 확산되었다. 음악의 풍격이 달라지니 이에 따라 가사의 분위기도 저절로 달라졌고, 음악을 선택할 수 있는 폭이 넓어지니 다양한 주제와 풍격의 작품들이 쏟아졌다.

이러한 변화의 분위기는 절묘하게 강남(江南) 여성 문인집단의 출현과 맞물리면서 문학사에서 또 다른 지각변동을 일으킨다. 명말(明末)에는 강남을 중심으로 여성문인들이 시사(詩社)를 결성하여 교류하면서, 왕성한 창작활동을 하였다. 이들은 시, 사, 산문, 희곡 등 다양한 장르들과 함께 산곡을 통해서도 문학적 감수성과 정서, 생활을 표현하였다. 이들은 익숙하게 접할 수 있는 남곡으로 섬세한 감성을 노래하기 시작하였다. 중국 시가 전통에서 남성 문인들이 스스로 여성화자가 되어 규방 여인의 심정을 대변해왔다면, 이제 여성 문인들이 본격적으로 출현함으로써 진짜 여성의 목소리를 통해 여성의 감수성과 심리, 규방의 모습을 담아내게 된 것이다.

또한 원대 여성 산곡이 주렴수(珠簾秀, 1300년 전후), 일분아(一分兒, 1370년 전후), 유파석(劉婆惜, 1370년 전후) 등 기녀 위주의 작가층을 이루었다면, 명대 여성 산곡은 명문가 규수에서 평민여성, 기녀에 이르기까지 창작과 향유의 계층이 더욱 다양하고 두터워졌다. 그만큼 명대 여성 산곡의 스펙트럼이 다채로워졌다. 남성 문인의 산곡이 술자리에서 즉흥적으로 화답한 것이거나 공허한 목소리로 규방의 한을 읊었다면, 여성 문인은 특유의 섬세함으로 남성 문인이 표현하지 못했던 삶의 속살들을 드러내었다. 작고 고요하지만 여성 산곡의 출현은 명대 산곡의 주제, 형식, 풍격 등에서 변화를 이끌어내었다.

물론 지금까지 전해지는 명대 여성 산곡은 30명 작가의 작품 167수(소령 147수, 투수 20수)로 명대 산곡 전체를 두고 볼 때, 그 영향력은 미미할 수 있다. 산곡 자체가 정통문학으로 인정받지 못한 데다 그 중에서도 여성 산곡이 명대 문학에서 차지하는 위상이 높지 않음도 부인할 수 없다. 하지만 명대 여성 산곡은 주류가 아닌 주변에서 자신만의 목소리를 내고 있었다. 하마터면 묻혀버릴 주변의 목소리를 끄집어내어 다시 그 노랫가락들을 듣는 것, 그것은 과거의 전통을 더욱 풍부하게 이해하고, 지금 우리의 삶과 마음을 더욱 여유롭게 만드는 일일 것이다.

1. 산곡의 본색을 노래하다

명대 산곡이 중기 이후로 문인 전용의 전아한 풍격, 형식적 유미주의로 나아가는 추세 속에서도 왕반(王磐, 1470~1530), 진탁(陳鐸, 1488~1521), 풍유민(馮惟敏, 1511~1580) 등의 작품들은 산곡의 본색을 이어

가고 있었다. 그 가운데 황아(黃娥, 1498~1569)의 작품은 여느 남성 문인의 그것에 못지않은 문학적 성취와 독특한 풍격을 이루며, 여성 산곡 뿐 아니라 명대 산곡에서 독보적인 위치를 차지하고 있다. 명말에 이미 황아의 산곡집인 『양부인악부사여(楊夫人樂府詞餘)』 5권이 출판되었으니, 이는 황아의 작품이 명대부터 주목받았음을 말해준다.

현재 황아의 산곡은 70수(소령 64수, 투수 6수)가 전해지고 있는데, 여성 산곡 중 수량 면에서도 절대적인 우위를 점하고 있다. 황아는 명대 삼대재자(三大才子) 중 한 사람인 양신(楊愼, 1488~1559)의 아내로 양신은 당시 산곡 뿐 아니라 다방면에서 문재(文才)를 발휘하였다. 황아가 왕성한 창작활동을 하는 데 양신이 여러모로 영향을 주었음은 자명한 사실이다. 황아의 산곡은 속어(俗語)나 첩자(疊字) 등을 활용한 표현 기법에서 특히 뛰어났다. 주로 북곡을 운용하면서 소박하고 통속적인 풍격을 이루어내며, 독특한 언어감각을 발휘하여 노래가사로서의 리듬감, 음악성을 극대화하였다.

그 중 북곡 중두 【월조(越調)·천정사(天淨沙)】 2수는 황아 작품의 백미로 일컬을 만하다. "신부의 훤칠한 신랑이 풍류와 운치 많길 시시각각 바라노라.(哥哥大大娟娟, 風風韻韻般般, 刻刻時時盼盼.)"로 시작하는 이 작품은 작품 전체가 첩어로 이루어져있다. 구어를 중첩하여 활용함으로써 리듬감이 뛰어나고, 사랑스러운 신랑과 신부의 모습을 발랄하게 표현하고 있어 산곡으로서의 본색을 잘 보여주고 있다. 이 외에도 남곡 중두 【중려(中呂)·빙란인(憑闌人)】 4수, 북곡 중두 【쌍조(雙調)·절계령(折桂令)】 4수 등은 후렴구를 반복적으로 활용함으로써 리듬감을 극대화하였다.

물론 황아의 작품이 속어나 첩어 등 언어 기교에서만 뛰어난 것이 아니었다. 소박한 언어에 걸맞게 표현하는 감성 역시 담백하고 솔직하였다. 양신이 운남(雲南)으로 폄적되어 가면서 부부 사이가 그리 화목하지 않았는데, 황아는 작품 곳곳에서 남편에 대한 그리움, 원망, 자신의 처지에 대한 탄식 등 복잡한 감정을 숨김없이 드러내었다. 북곡 투수 【남려(南呂)·일지화(一枝花)】에서 남편과 하룻밤 행복한 만남을 묘사하는 장면에서도 에로틱한 순간을 솔직하고 과감하게 표현하였다. 사대부 가문의 여성 문인이 이러한 분위기를 표현할 수 있었던 것도 분명 산곡이라는 장르였기에 가능한 것이었다.

사랑 앞에 솔직하고 과감한 여성의 내면은 경편편(景翩翩)의 【선려입쌍조(仙呂入雙調)·이범강아수(二犯江兒水)】, 장경경(蔣瓊瓊)의 【선려(仙呂)·계지향(桂枝香)】 6수, 동여영(董如瑛)의 【선여입쌍조(仙呂入雙調)·보보교(步步嬌)】, 동정정(董貞貞)의 【남여(南呂)·나화미(懶畵眉)】 등 기녀의 작품들에서 잘 나타났다. 이들은 한결같이 다른 사람들의 시선에 얽매이지 않고, 연인과의 사랑을 지켜나가리라 노래하고 있다. 이는 원대 기녀의 산곡에서는 전혀 찾아볼 수 없는 것으로 원대 여성 산곡이 술자리에서 즉흥적으로 남성 문인에 응수(應酬)하여 화답하거나 기녀로서의 처지를 비관하는 심정을 노래한 것과는 크게 다르다.

또한 명말에는 점차 문인화되어가는 산곡 대신 소곡(小曲)이 출현하면서 민가의 전통을 이어갔는데, 아원(阿圓)의 「사랑의 장부(帳)」, 풍희(馮喜)의 [오가(吳歌)], [타초간(打草竿)] 2수, 정운오(鄭雲璈)의 [간향사(揀香詞)] 등이 그것이다. 이 작품들은 오늘날 유행가 가사와 견주어도 손색이 없을 정도로 솔직담백하고 통속적인 풍격을 자아낸다. 아원은 사랑하는 이를 떠나보내고 아픈 마음을 장부에 적어 그것을 빚으로 받아내겠다고 하였고, 풍희는 자신을 얇고 귀한 기와로, 다른 여자들을 두껍고 흔한 벽돌로 비유하면서, 자신을 버리고 떠난 정인이 분명 후회할 것이라고 노래하였다. 이 얼마나 솔직한 감정의 표출인가.

기녀 출신은 아니지만 사랑의 감정을 솔직하게 표현한 이취미(李翠微, 1640년 전후 생존)의 작품 역시 눈여겨볼 만하다. 이취미는 명말 농민 반란 지도자인 이자성(李自成, 1606~1645)의 딸로 「원소절의 사랑노래(元宵艶曲)」라는 부제가 붙은 남곡 투수를 남겼다. 원소절에 흥성거리는 거리의 풍경, 평범하게 살아가는 사람들의 일상, 만남과 설렘, 기쁨, 아쉬움 등의 감정이 잘 어우러진 작품으로 남녀가 새벽 늦도록 헤어지기 아쉬워하는 모습에 이르기까지 일련의 묘사는 마치 영화의 시퀀스를 연상하게 한다.

이렇듯 명대 여성 산곡은 두터워진 작가층 만큼이나 다양한 사연들을 싣고, 열심히 살아갔던 그네들의 인생을 노래하고 있다. 시나 사 등에서는 찾아볼 수 없는 진솔함을 무겁지 않게, 그렇다고 가볍지도, 유희적이지도 않게 시대의 삶을 그려내었다.

2. 산곡의 예술적 품격을 높이다

황아가 주로 북곡을 운용하면서 속어와 첩어 등의 표현을 통해 산곡의 통속성을 보여주었다면, 서원(徐媛, 1560~1617)은 남곡의 청아하고 유려한 음률을 잘 살려 한층 세련되고 고급스러운 산곡의 운치를 이끌어내었다. 서원이 소주(蘇州) 출신이었기에 북곡보다는 남곡을 더욱 익숙하게 받아들였을 것이고, 산곡에 대한 심미적 정서가 황아의 그것과 다를 수밖에 없었을 것이다. 서원의 산곡을 읽다보면, 산곡이 아니라 마치 사를 읽는 듯한 느낌을 주기도 하는데, 이로부터 산곡의 본색이 사라졌다는 평가를 받기도 한다.

하지만 서원은 산곡의 본색을 내려놓은 대신 산곡의 문학적, 예술적 품격을 선택하였다. 서원의 작품에 대한 평가는 보는 입장마다 크게 다르기도 하지만, 육경자(陸卿子, 1522~1572)와 함께 오문이대가(吳門二大家)로 불리며 명대 여성 문학을 대표하였던 명성답게 산곡에서도 유려하고 세련된 품격을 이루어내었다. 규방의 정서를 풀어내는 데에도 무기력하게 무병신음(無病呻吟)하거나 화려한 기교만을 보여주는 것이 아니라 섬세하고 청아한 목소리로 여인의 내면을 드러내었다.

특히 북곡 중두【선려(仙呂) · 기생초(寄生草)】 4수, 남곡 중두【선려입쌍조(仙呂入雙調) · 강아수(江兒水)】 4수 등은 「봄(春)」, 「여름(夏)」, 「가을(秋)」, 「겨울(冬)」의 부제가 붙은 연작곡(連作曲)으로 여성 특유의 섬세한 시선으로 사계절 풍경을 포착해내고, 이를 시각, 청각, 촉각 등 공감각적 이미지 속에 녹여내었다. 이는 여느 남성 문인의 작품에서도 찾아볼 수 없는, 서원만이 보여줄 수 있는 개성으로 서원을 가히 언어의 마술사라 칭하여도 손색이 없다.

그런데 서원의 산곡이 뛰어난 점은 완약(婉約)한 풍격 일색으로 흐르지 않았던 데 있다. 서원은 남편 범윤림(范允臨, 1558~1641)이 정치적으로 좌절을 겪은 뒤, 만년에 함께 천평산(天平山, 江蘇省 蘇州)에 은거하였는데, 세속을 초탈하고자 하는 호방한 풍격을 산곡에서 드러내기도 하였다. 남곡 중두 【선려(仙呂) · 계지향(桂枝香)】 3수, 【황종(黃鐘) · 탁목아(啄木兒)】 4수 등에서 신선세계를 동경하고 은자의 삶을 추구하는 모습은 이백(李白, 701~762)이나 소식(蘇軾, 1037~1101)을 연상시키기도 한다.

서원의 산곡 중 백미는 단연 「감회에 젖어 지난날 추억하다(感懷追逝)」라는 부제의 남북곡 합투(合套)이다. 남곡과 북곡을 번갈아가며 운용한 합투는 산곡 전체를 통틀어 그리 흔치 않은 것으로 청아함과 호방함을 넘나드는 장중한 스케일은 명대 산곡의 예술적 품격을 한층 격상시키는 역할을 하였다. 작품 전반에는 정치적 삶이 순탄치 않았던 남편을 보면서 현실의 모순을 토로하고, 권모술수가 난무한 관료세계를 비판하였으며, 후반에는 유유자적하고 소박한 은자의 삶, 속세를 초탈한 신선세계를 갈망하는 심경을 드러내었다. 이 과정에서 은유, 상징, 풍자 등의 기법을 탁월하게 활용하였는데, 여성 산곡의 경계를 확장하였을 뿐 아니라 산곡의 문학성까지 높였다고 평가할 만하다.

여성 문학에서 쉽게 찾아볼 수 없는 장중한 스케일은 조씨(曹氏)의 남북곡 합투에서도 찾아볼 수 있다. 「동지(冬至)」라는 부제가 붙은 이 작품은 동짓날 궁궐에 문무백관이 모인 연회에서 황제의 만수무강을 빌고 태평성대를 축원하는 내용이다. 문학적 수준이 그리 높지는 않지만, 조씨는 궁중의 악기(樂妓)답게 남곡과 북곡을 교대로 운용하며 음률에 조예가 깊음을 잘 보여주었고, 궁궐의 화려한 분위기, 연회가 열리는 장면 등을 장중하게 묘사하였다. 『예기(禮記) · 중용(中庸)』, 『장자(莊子)』 등의 전고를 사용하기도 하였는데, 묘사의 풍경이 주로 규방 안에 머물렀던 여성문학의 경계를 벗어난 작품이라 하겠다.

이 외에 심정전(沈靜專, 1570년 전후 생존), 심혜단(沈蕙端, 1613~?) 등 강남의 명문 심씨 가문 여성 문인들의 활약도 서원 못지않았다. 심정전은 저명한 학자인 심경(沈璟)의 딸이자 심자진(沈自晉, 1610년 전후 생존)과는 사촌지간이고, 심혜단은 심자진의 질녀이다. 익히 알려진 바, 심경과 심자진은 명말 곡학(曲學)의 대가들로서 남곡의 음률에 정통하여 곡보(曲譜)를 정리하는 데 큰 공을 남겼던 자들이다. 음악에 조예가 깊은 가풍 덕분에 심정전과 심혜단은 청아하고 유려한 남곡의 영향을 받아 정교하고 세련된 산곡을 창작하였고, 산곡의 문학적, 예술적 품격을 높이는 데 일조하였다.

그 중 심정전의 남곡 중두【남조(南調)·금락삭(金絡索)】2수는 「심자진 오라버니의 「묵매도(墨梅圖)」에 화답하다(和伯明兄墨梅圖)」라는 부제가 붙은 작품으로 심자진의 「묵매도」를 보고 산곡으로 화답하여 쓴 것이다. 심정전은 작품에서 단지 그림의 묘미만 표현한 것이 아니라 매화 그림을 묘사하면서 심자진의 고매한 인품까지 형상화해내었다. 매비(梅妃)의 전고(典故)를 활용하는 등 한 글자, 한 구절마다 매우 정교하고 심혈을 기울여 지었음이 여실히 드러난다. 아울러 이 작품을 통해 우리는 문인간의 품격 높은 교류에 산곡이 사용되기도 하였음을 짐작할 수 있다. 산곡은 주로 술자리에서 즉흥적으로 화답하며 지어지거나 남성문인이 기녀에게 써주는 것이 많았는데, 심정전은 「매화도」라는 그림에 산곡으로 화답함으로써 산곡의 운치를 한층 올려주었다.

심혜단의 남곡 대과곡【상조(商調)·금오락장대(金梧落粧臺)】는 불수감(佛手柑)을 읊은 영물곡(詠物曲)으로 불수감의 모양, 향기, 빛깔 등을 묘사하는 데 불교적 상상력을 더하여 세련되고 고급스러운 품격을 자아낸다. 또한 남곡 투수【선려(仙呂)·취부귀(醉扶歸)】는 「엽환환(葉紈紈)과 엽소란(葉小鸞)을 애도하며(挽昭齊瓊章)」라는 부제가 붙은 작품으로 사촌자매인 엽환환과 엽소란의 죽음을 애도하며 쓴 것이다. 산곡으로 쓴 만가(輓歌)라는 점에서 희귀성이 높은 작품으로 평가되는데, 여성문인의 삶 속에서 산곡이 다양한 형태로 활용되고, 창작의 원동력이 되었음을 알 수 있다.

3. 규방의 서정을 담아내다

앞서 언급한 바, 중국 시가 전통에서는 남성 문인이 여성화자가 되어 규방 여성의 정서를 표현해왔다. 여성보다 더 여성스러운 섬세한 내면, 감수성을 표현하기도 하였지만, 때로 여성의 목소리만 빌려왔을 뿐 여성의 진정한 내면 심리를 담아내지 못하는 한계가 있었다. 이 때문에 무병신음(無病呻吟)에 빠지는 오류를 범하는 경우도 적지 않았다. 하지만 명대에는 여성문인 집단이 출현하면서 규방 여성들의 삶, 기쁨과 원망 등의 감정들을 본격적으로 표현하기 시작하였다.

황아나 서원 역시 규방 여성의 모습을 섬세하게 표현하였지만, 누구보다도 곡절 많은 삶을 절절하게 쓴 양맹소(梁孟昭, 1600년 전후 생존)의 작품은 한 사람의 인생을 사실적으로 찍은 하나의 다큐멘터리에 비유할 만하다. 생애에 대해 거의 알려진 바는 없지만, 우리는 작품을 통해 남편인 모내(茅鼐, 1600년 전후 생존)와 사이가 좋지 않아 평생 독수공방하며 살았다는 것, 모내가 집안을 돌보지 않아 가난하고 고달프게 살았다는 것 등을 짐작할 수 있다. 【상조(商調)·산파양(山坡羊)】 제3수에서 "부끄러워라, 아내와 자식을 천리 먼 곳에 두고는 자기 혼자 또 하늘가로 떠났구나.(羞殺了託妻孥千里停車, 獨自個又作天涯別.)", "슬프구나, 아들은 굶주려서 꿈결에 아비를 부르는구나.(悲些, 兒飢夢喚爹.)"라고 한 구절 등에서 양맹소의 처지가 그대로 드러난다.

하지만 양맹소의 산곡이 특별한 것은 고달픈 삶을 살면서도 그저 흐느끼며 무기력하게 있는 것이 아니라 내면의 분노를 표출하기도 하였다는 데 있다. 양맹소의 작품에서 자주 등장하는 인물들은 항아(嫦娥), 직녀, 견우이다. 양맹소는 달 속에 홀로 사는 항아를 고고하고 지조 있는 자신에 비유하곤 했는데, 그래서 항아가 견우를 만날 날만 기다리는 직녀를 비웃는 장면은 매우 흥미롭다. 「칠석날의 감회(七夕感懷)」라는 부제의 남곡 투수 중 [집현빈(集賢賓)]에서 "달 속의 미인 항아는 혼자서도 살아갈 수 있어서 정이 많아 근심에 빠진 직녀를 비웃는구나.(月裏佳人能自守, 笑多情織女偏愁.)"라고 하였다.

그러다가 양맹소는 어느새 직녀의 입장이 되어 자신의 처지를 노래하기도 한다. 양맹소의 작품에서 직녀와 견우의 만남은 익히 알려진 것처럼 절절하거나 행복하지 않다. 오랜만에 견우를 만난 직녀는 원망을 쏟아내기 시작한다. 【상조(商調)·황앵아(黃鶯兒)】제4수에서 "직녀가 견우를 꾸짖으며 어찌 집안을 건사하지 못하나요?(織女罵牽牛, 怎無能家室謀?)"라고 한 대목은 양맹소가 남편에게 드러내고 싶은 진심이었던 것이다. 이에 "견우가 부러워하지 말라 권하며, 원망하고 탓할 필요 있으랴.(牛郎勸休, 何須怨尤.)"라고 한다. 양맹소 부부의 현실을 적나라하게 보여주는 구절인 것이다.

오랜만에 만난 견우와 직녀가 행복할 줄만 알았지 만나서 다투고 다시 헤어질 것이라는 기막힌 발상은 도대체 어디에서 나온단 말인가. 이는 결코 참신함을 추구하기 위해 일부러 고안해낸 상상력이 아니다. 그것은 삶에서 묻어난, 지독한 현실을 견디며 살아가는 여성의 내면 깊은 곳에서 우러나온 상상력이다. 그래서 양맹소는 「칠석날의 감회」 중 [미성(尾聲)]의 마지막 구절에서 "천상과 인간세상이 각자 다르다.(天上人間各自繇.)"라고 한다. 체념하며 내뱉은 말 같지만 이상과 현실이 다를 수밖에 없음을 통렬하게 지적하는 말이다. 그러다가 【상조·산파양】 제4수에서 "다행히 저 붓으로 고민을 풀어내는데 쓰다 보니 짧은 얘기를 길게 써 버렸네.(幸他筆解些兒也悶, 來時便把短篇長寫.)라고 하였으니, 양맹소가 외로움을 달래며 유일하게 숨을 쉴 수 있는 통로로 찾았던 것이 바로 '문학'이었던 것이다.

여성의 시선으로 규방 안의 풍경을 바라보는 독특한 시선은 심혜단의 남곡 대과곡 【선려입쌍조(仙呂入雙調)·봉서기저저(封書寄姐姐)】에서도 찾아볼 수 있다. 「비단 짜는 여인을 읊다(詠紡紗女)」라는 부제의 작품으로 심혜단은 섬세한 시선으로 재빠르게 비단을 짜는 여인의 모습을 형상적으로 표현하였다. 그 손놀림이 하도 빨라서 "저 꿀벌과 생황이 버들 솜을 읊는 듯 양 겨드랑이에서 이는 바람에 추워질까 걱정일세.(似你蜂簧吟柳絮, 兩腋風生冷怯衣.)"라고 한 구절에서 작자의 재기발랄함이 한껏 드러났다.

그리고는 작자의 시선은 비단 짜는 여인의 눈 밑까지 이른다. "아마도 달무리가 눈썹 주위에 졌겠네.(敢月暈嬌娥吐在圍.)"라고 표현하였다. 비단 짜는 일이 고되어서 여인의 눈 밑에 다크 써클이 진 것까지 포착하여 쓴 구절이다. 남성 문인의 작품에서 묘사되는 여성은 주로 정태적이다. 그리고 남성의 시선은 바라보는 대상이 얼마나 아름다운가에 주목한다. 하지만 여성이 바라보는 여성은 다르다. 아름답게 꾸민 채, 부채를 들고 얌전하게 서 있는 모습이 아니라 열심히 노동하는 여성의 모습을 창작의 중심에 두기 시작하였다. 고되고 피곤에 절은 여성의 얼굴은 그러나 아름답다.

또한 엽소란(葉小鸞, 1616~1632)의 남곡 소령【상조(商調)·황앵아(黃鶯兒)】는 「나이가 많은데도 아직 시집 못간 여자를 사람들이 함께 비웃기에 장난삼아 짓는다(有一女年甚長而未偶, 衆共笑之, 戲爲作此)」라는 다소 긴 부제가 있는 작품이다. 어린 엽소란이 노처녀의 심정을 어찌 그리 잘 알아 이토록 능청스럽게 글을 쓸 수 있었는지 놀라울 따름이다. 이렇듯 여성 산곡은 흐느끼며 가짜 감정을 짜내는 것이 아니라 진짜 아프고 고통스럽다고, 삶의 느낌을 그대로 노래한다. 이 때 소소한 일상에서 일어나는 작은 일, 가까이에 있는 사람과 풍경, 물건 등에 이르기까지 모든 것이 창작의 원동력이 된다. 이것이야말로 여성 산곡이 지닌 크나큰 매력인 것이다.

작가생애

강두노(江斗奴, 1400년 전후 생존)

강서(江西)의 기녀로 명초(明初) 저명한 문학가인 삼양(三楊), 즉 양사기(楊士奇, 1365~1444), 양영(楊榮, 1371~1440), 양부(楊溥, 1372~1446)와 친분이 두터웠다. 『서상기(西廂記)』의 최앵앵(崔鶯鶯)을 연기하는 데 뛰어났다. 『견호집(堅瓠集)』에 소령 1수가 수록되어있다.

경편편(景翩翩, 생졸년 미상)

원래 이름은 경요(景遙), 또는 경쌍문(景雙文)이고 자는 삼매(三昧), 경홍(驚鴻)으로 건창(建昌, 遼寧省 葫蘆島)의 기녀이다. 본적은 소주(蘇州)라고도 하고 양주(揚州)라고도 한다. 원래 문인 집안의 외동딸로 부친으로부터 교육을 받았고 시문에 능하여 '일자경홍(一字驚鴻)'이라는 칭호까지 얻었다. 부모님이 연이어 세상을 떠나자 의지할 곳이 없다가 기녀가 되었다. 후에 복건성(福建省) 건녕(建寧)의 상인 정장발(丁長發)에게 시집갔는데 본처가 학대에 못 이겨 목을 매어 자결하였다. 작품집으로 『산화음(散花吟)』이 있으며 『전명산곡』에 소령 2수가 수록되어있다.

고장분(顧長芬, 생졸년 미상)

명대 기녀로 『전명산곡』에 소령 1수가 수록되어있다.

고정립(顧貞立, 1675년 전후 생존)

원래 이름은 고문완(顧文婉)으로 자는 벽분(碧汾), 자호(自號)는 피진인(避秦人)이다. 강소성(江蘇省) 무석(無錫) 사람이다. 고정관(顧貞觀, 1637~1714)의 누이로서 같은 마을 사람 후진(侯晉)에게 시집갔다. 후진

이 과거에 급제하지 못해 가세가 점차 기울게 되자 고정립이 자수 등의 품팔이를 하여 근근이 먹고 살았다. 시사(詩詞)에 능하여 왕랑(王郎)과 자주 창화(唱和)하였다. 작품집으로『서향각사(棲香閣詞)』2권이 있으며『전청산곡』에 투수 1수가 수록되어있다.

동여영(董如瑛, 생졸년 미상)

금릉(金陵, 江蘇省 南京) 구원(舊院) 동지루(董之樓)의 기녀로 생애와 관련하여 알려진 바가 거의 없다.『전명산곡』에 소령 1수가 수록되어있다.

동정정(董貞貞, 생졸년 미상)

금릉 구원 동지루의 기녀로 생애와 관련하여 거의 알려진 바가 없다.『전명산곡』에 소령 1수가 수록되어있다.

마수(馬綬, 생졸년 미상)

마수생(馬綬生)이라고도 하며 금릉의 기녀이다.『전명산곡』에 소령 1수가 수록되어있다.

마수정(馬守貞, 1548~1604)

자는 월교(月嬌), 호는 상란자(湘蘭子)로 현아(玄兒), 마수진(馬守眞), 마상란(馬湘蘭)으로도 불린다. 금릉의 유명한 기녀로 그림에도 조예가 깊었던 것으로 전해진다. 왕서등(王樨登, 1535~1613)과 매우 친분이 두터웠는데 두 사람의 일화는『진회광기(秦淮廣記)』에 기록되어있다. 시집으로는『상란자집(湘蘭子集)』, 전기(傳奇)로는『삼생전(三生傳)』이 있다.『고금여사(古今女史)』,『중향사(衆香詞)』,『궁규씨적예문고략(宮閨氏籍藝文考略)』,『속금릉쇄사(續金陵瑣事)』,『옥경양추(玉鏡陽秋)』,『전기휘고(傳奇彙攷)』,『곡록(曲錄)』,『청루시화(靑樓詩話)』,『명원휘시(名媛彙詩)』,『명원시귀(名媛詩歸)』,『명원시위초편(名媛詩緯初編)』에 관련 기록이 있다.『전명산곡』에 소령 1수, 투수 1수가 수록되어있다.

무아(巫娥, 1460년 전후 생존)

북경(北京)의 기녀로『청루시화』에 소령 1수가 수록되어 있다.

방씨(方氏, 생졸년 미상)

명대 의학자(醫學家) 장문개(張文介)의 아내이다.『전명산곡』에 투수 1수가 수록되어있다.

서원(徐媛, 1560~1620)

자는 소숙(小淑), 법명(法名)은 정조(淨照)로 장주(長洲, 江蘇省 蘇州)사람이다. 태복(太僕) 서태시(徐泰時, 1530년 전후 생존)의 딸이며 부사 범윤림(范允臨, 1558~1641)의 아내이다. 육경자(陸卿子)와 시를 주고받아 오중(吳中) 문인들의 높은 평가를 받았으며 오문이대가(吳門二大家)로 불렸다. 남편의 임지였던 운남(雲南)에서도 기거하였으며 만년에는 부부가 함께 천평산(天平山)에 은거하였다. 작품집으로『낙위음(絡緯吟)』12권이 전하며 시(詩), 사(詞), 곡(曲), 부(賦), 뇌(誄) 등 다양한 문체의 작품들이 전해지는데 특히 변려체(騈麗體)의 문장이 뛰어나다. 『열조시집(列朝詩集)』,『궁규씨적예문고략』,『고금여사(古今女史)』,『규수사초(閨秀詞鈔)』,『명원휘시』,『명원시귀』,『명원척독(名媛尺牘)』,『명원시위초편』에 관련 기록이 있다.『전명산곡』에 소령 26수, 투수 2수가 수록되어 있다.

설소소(薛素素, 1564~1637)

자는 윤낭(潤娘), 소경(素卿)으로 절강성(浙江省) 가흥(嘉興) 사람이다. 금릉의 기녀로 시, 그림, 거문고, 바둑, 승마 등에 뛰어났다. 난초와 대나무를 특히 잘 그렸으며 말 타고 새총 쏘는 것에도 능해 스스로 여자 협객이라 칭하기도 했다. 나중에 이정만(李征蠻)에게 시집갔다. 작품집으로『남유초(南游草)』,『화쇄사(花瑣事)』,『설소소시(薛素素詩)』 등이 있으며『전명산곡』에 소령 1수가 수록되어있다.

심정전(沈靜專, 1580년 전후 생존)

자는 만군(曼君)으로 오강(吳江, 江蘇省 蘇州) 사람이다. 명대의 저명한 문학가 심경(沈璟)의 딸이고, 심의수(沈宜修, 1590~1635)의 사촌동생이며, 제생(諸生) 오창(吳昌)의 아내이다. 작품집으로 『적적초(適適草)』, 『울화루초(鬱華樓草)』, 『송고(頌古)』 등이 있으며 『전명산곡』에 소령 5수가 수록되어있다.

심혜단(沈蕙端, 1612~1647)
자는 유방(幽芳), 또는 유형(幽馨)으로 오강 사람이다. 심자진(沈自晉)의 조카이며 고래병(顧來屛)의 아내이다. 사곡(詞曲)에 뛰어났으나 전해지는 작품집은 없다. 『전청산곡』에 소령 5수, 투수 1수가 수록되어있다.

아원(阿圓, 생졸년 미상)
명대 기녀로 비파를 잘 타고 노래에 뛰어났으며 산곡을 잘 지었다. 『괘지아(掛枝兒)』에 소령 1수가 수록되어있다.

양맹소(梁孟昭, 약 1560~1640)
자는 이소(夷素)이고 전당(錢塘, 浙江省 杭州) 사람으로 모내(茅鼐)의 아내이다. 시문을 잘 지었으며, 서화에도 뛰어나 화조도(花鳥圖)와 해서에 능하였다. 작품집으로 『수묵헌음초(繡墨軒吟草)』 1권, 『산수음(山水吟)』 1권, 『산수억(山水憶)』이 있고 전기(傳奇)로는 『상사연(相思硯)』이 있다. 『연지집(然脂集)』, 『궁규씨적예문고략』, 『명원시위초편』, 『소대헌논시시(小黛軒論詩詩)』에 관련 기록이 있다. 『전명산곡』에 투수 6수가 수록되어있다.

엽소란(葉小鸞, 1616~1632)
자는 경장(瓊章), 또는 요기(瑤期)이고 오강 사람이다. 공부주사(工部主事) 엽소원(葉紹袁, 1589~1648)과 심의수(沈宜修)의 셋째 딸이다. 태어났을 당시 집안이 가난하여 외삼촌 심자징(沈自徵, 1591~1641)에게 맡겨져 10년을 살았다. 어렸을 때부터 시사(詩詞)에 뛰어나 많은 작품을 남겼고 언니 엽환환(葉紈紈, 1610~1632), 엽소환(葉小紈, 1613~1657)과 시문을 창화하였다. 강소성 곤산(崑山) 장입평(張立平)과 정혼하였으나 17세에 혼례를 앞두고 세상을 떠났다. 아버지 엽소원이 유작을 모아 『반생향(返生香)』이라는 제목으로 출간했는데, 『소향각유집(疏香閣遺集)』이라고도 한다. 『전명산곡』에 소령 1수가 수록되어있다.

오초(吳綃, ?~1671)

자는 소공(素公), 편하(片霞), 빙선(冰僊)이며, 장주(長洲, 江蘇省 蘇州)사람이다. 통판(通判) 오수창(吳水蒼)의 딸이며 상숙(常熟) 진사(進士) 허요(許瑤)의 아내이다. 시사(詩詞)뿐만 아니라 그림과 글씨에도 뛰어났다. 작품집으로 『소설암시집초집(嘯雪菴詩集初集)』 3권, 『소설암이집(嘯雪菴二集)』, 『오빙선시(吳冰僊詩)』, 『소설암시여(嘯雪菴詩餘)』가 있다. 『전청산곡』에 소령 10수가 수록되어있는데, 모두 꽃을 읊은 영물곡(詠物曲)이다.

왕단숙(王端淑, 1621~1685)

자는 옥영(玉映), 호는 영연자(映然子), 또는 청무자(靑蕪子)로 산음(山陰, 浙江省 紹興) 사람이다. 종백(宗伯) 왕사임(王思任, 1574~1646)의 딸이며 제생(諸生) 정예자(丁睿子)의 아내이다. 어려서 경서(經書)와 사서(史書)를 두루 통달하였고 그림과 서예에도 능했다. 청(淸) 순치(順治) 연간 후궁들을 가르치는 교사로 초빙되었으나 사양하였다. 작품집으로 『옥영당집(玉映堂集)』, 『유협집(留篋集)』, 『항심집(恒心集)』, 『무재집(無才集)』, 『의루집(宜樓集)』, 『음홍집(吟紅集)』이 있다. 이 중 『음홍집』 권30에 소령 5수가 수록되어있다. 작품집 이외에 명대 이래의 여성 문학작품을 모은 『명원시위초편(名媛詩緯初編)』이 있다.

월매(月妹, 1450년 전후 활동)

북경(北京)의 기녀로 『청루시화』에 소령 1수가 수록되어있다.

유씨(劉氏, 생졸년 미상)

초(楚) 지방 사람으로 생애가 알려져 있지 않다. 『전명산곡』에 소령 2수가 수록되어있다.

이취미(李翠微, 1640년 전후 생존)

섬서성(陝西省) 미지현(米脂縣) 사람으로 이자성(李自成, 1606~1645)의 딸이다. 『전명산곡』에 투수 1수가 수록되어있다.

장경경(蔣瓊瓊, 생졸년 미상)

금릉 구원(舊院)의 기녀로 생애가 알려져 있지 않다. 『전명산곡』에 소령 6수가 수록되어있다.

정운오(鄭雲璈, 생졸년 미상)

명대 기녀로 생애가 알려져 있지 않다. 『명원시위초편』에 소령 1수가 수록되어있다.

조씨(曹氏, 생졸년 미상)

교방(敎坊)의 악기(樂妓)로 생애가 알려져 있지 않다. 『전명산곡』에 투수 1수가 수록되어있다.

초기(楚妓, 생졸년 미상)

호광(湖廣, 湖南省과 湖北省)의 기녀로 초(楚) 지방의 문인들과 널리 교유하였다. 『전명산곡』에 소령 1수가 수록되어있다.

풍희(馮喜, 생졸년 미상)

명대 기녀로 풍희생(馮喜生)이라고도 한다. 풍몽룡(馮夢龍)과 친분이 두터웠다. 『괘지아(掛枝兒)』에 소령 3수가 수록되어있다.

학상아(郝湘娥, 생졸년 미상)

하북성(河北省) 보정(保定) 사람으로 두홍(竇鴻)의 첩이다. 어려서부터 두홍의 보살핌을 받으며 자랐고, 그림과 시, 바둑에 뛰어났다. 두홍의 인척인 최씨가 학상아를 강제로 빼앗으려 하다가 뜻대로 되지 않자 두홍에게 무고죄를 씌워 죽게 했다. 학상아는 이에 절명시(絶命詩)를 지어 자결하였는데, 이 일은『습향록(拾薌錄)』에 전해진다.『전명산곡』에 소령 3수가 수록되어있다.

호문여(呼文如, 1573~1610)

자는 조(祖)로, 강하(江夏, 湖北省 武昌)의 영기(營妓)이다. 호북성(湖北省) 마성(麻城)의 구겸지(邱謙之)가 민부랑(民部郎)이 되어 월(粤) 땅으로 떠날 때 황주(黃州)에 들렀다가 연회에서 호문여를 만나 부부의 연을 맺게 되었다. 금(琴)을 잘 연주했고 시사에 능했으며 특히 난초 그림을 잘 그렸고 여동생인 호거(呼擧)와 함께 명성이 높았다. 작품집으로『요집편(遙集編)』이 있는데, 구겸지와 창화했던 시문을 엮은 것이라고 하나 현재 전해지지 않는다.『전명산곡』에 소령 4수가 수록되어있다.

산곡 원문 출처

『견호집(堅瓠集)』

청대 저인획(褚人獲)이 지은 소설집으로 정집(正集) 10집, 속집(續集), 광집(廣集), 보집(補集), 비집(秘集), 여집(餘集) 총 15집 66권으로 구성되어있다. 내용은 고금의 전장제도(典章制度), 인물사적(人物事跡), 시사예술(詩詞藝術), 자질구레한 이야기, 유머, 놀이 등 다양하며 특히 명청시기 일사(軼事)가 가장 많이 전해진다.

『괘지아(掛枝兒)』

명대 풍몽룡(馮夢龍)이 수집하고 정리한 민가집(民歌集)이다. 풍몽룡 자신의 작품도 다소 수록되어있으며 매 작품 뒤에는 풍몽룡의 짧은 평어가 실려 있다.

『낙위음(絡緯吟)』

서원의 작품집으로 총 12권이다. 만력 41년(1613) 간본이 전하며 권1은 부(賦), 초사(楚辭), 사언시(四言詩), 권2는 오언고시, 권3은 칠언고시, 권4와 권5는 오언율시, 권6은 칠언율시, 권7은 오언절구, 권8은 칠언절구, 권9는 시여(詩餘), 권10은 사여(詞餘), 권11은 서(序), 전(傳), 송(頌), 뇌(誄), 묘지명(墓誌銘), 도사(悼詞), 축문(祝文), 제문(祭文), 권12는 척독(尺牘)으로 구성되어있다. 권10에 산곡 31수가 전한다.

『남사신보(南詞新譜)』

명대 심자진(沈自晉)이 숙부인 심경(沈璟)의 『남구궁십삼조곡보(南九宮十三調曲譜)』를 수정 보완해서 낸 남곡 곡보이다. 원명은 『광집사은선생남

구궁십삼조사보(廣輯詞隱先生南九宮十三調詞譜)』로 총 26권이다. 체제는 심경의 방식을 그대로 따랐으나 명말의 새로운 곡조를 보충하고 새롭게 주석을 첨가하여 곡패가 719개에서 996개로 늘어났다. 원집(元集), 형집(亨集), 이집(利集), 정집(貞集)으로 분류하였고 풍몽룡, 맹칭순(孟稱舜), 오위업(吳偉業) 등 당시의 명사 915명의 작품을 수록하였다.

『동렴속사(彤奩續些)』

명대 엽소원이 편집한 작품집이다. 권상(卷上)은 여성문인 15명의 시 100수, 사 1수, 곡 7수, 산문 2편이 실려 있는데, 대부분 죽음을 애도하는 작품들을 수록하고 있어 딸의 죽음을 애도의 뜻을 담고 있다. 권하(卷下)는 엽소원 자신의 시 32수, 산문 6편을 수록하였고, 두 아들이 누이를 위해 지은 뇌문(誄文) 2편을 덧붙여두었다. 책 뒤에는 유중보(劉仲甫)의 시 15수가 있다.

『명원시위초편(名媛詩緯初編)』

왕단숙이 각 조대별로 여성문인의 작품을 선별하고 이에 대해 평한 여성작품총집이다. 총 40권으로 궁집(宮集), 전집(前集), 정집(正集), 신집(新集), 윤집(閏集), 염집(艷集), 치집(淄集), 황집(黃集), 외집(外集), 환집(幻集), 비집(備集), 역집(逆集), 여집(餘集), 아집(雅集), 잡집(雜集), 유집(遺集), 회집(繪集)으로 구성되어 있다. 권37 「아집상(雅集上)」과 권38 「아집하(雅集下)」에 여성 산곡 작품을 수록하고 있다.

『반생향(返生香)』

엽소란의 작품집으로 『소향각유집(疏香閣遺集)』이라고도 한다. 엽소원이 딸의 죽음을 슬퍼하여 딸의 유작을 모아 작품집을 만들었다. 시 113수, 사 90수, 산곡 1수, 산문 3편이 수록되어 있다. 책 뒤에는 엽소원의 발문과 친구들의 애도시 24수, 산문 8편이 실려 있다.

『서향각사(棲香閣詞)』

고정립의 사곡 작품집이다. 총 2권으로 사 이외에 산곡 4수가 수록되어 있다.

『소설암시여(嘯雪庵詩餘)』

오초의 사곡 작품집이다. 오초의 『소설암집(嘯雪庵集)』은 시집과 사집으로 나뉘는데, 『소설암시집』은 시집(詩集), 신집(新集), 제영(題詠) 2권으로 구성되어있고 사집은 1권으로 구성되어있다. 『소설암시여』는 사집만 따로 간행한 것으로 사 56수, 산곡 10수가 수록되어 있다.

『오소합편(吳騷合編)』

명대 장초숙(張楚叔), 장욱초(張旭初)의 산곡선집이다. 전체 서명은 『백설재선정악부오소합편(白雪齋選訂樂府吳騷合編)』으로 『오소일집(吳騷一集)』, 『오소이집(吳騷二集)』, 『오소삼집(吳騷三集)』 중 뛰어난 작품만을 골라 다시 편찬하였다. 오소(吳騷)는 곤곡(崑曲)이 초사를 이었다는 의미로 대부분 곤강(崑腔)을 노래한 남곡을 수록하였다.

『음홍집(吟紅集)』

왕단숙의 작품집으로 총 30권이다. 청 함풍(咸豊) 원년(1851)의 초본이 전하며 권1은 부(賦), 권2부터 권14는 시(詩), 권 15부터 권15는 시여(詩餘), 권17은 기(記), 권18은 (序), 권19는 주소(奏疏), 권20은 전(傳) 권21부터 권23은 기사(紀事), 권24는 행장(行狀), 권25는 묘지명(墓誌銘), 권26은 게(偈), 권27은 찬(贊), 권28은 명(銘), 권29는 제문(祭文), 권30은 사여(詞餘)로 구성되어있다. 권30에 소령 5수가 전한다.

『이인사(伊人思)』

심의수가 명대 여성문인의 시문을 선집한 작품총집이다. 이미 간행본이 있는 여성문인 18명, 간행본은 없으나 소장본이 있는 9명, 소문으로 들어 얻은 6명, 필기문헌에 작품이 보이는 11명, 계선(乩仙) 2명, 심의수가 쓴 필기(筆記) 3편과 당송유사(唐宋遺事) 14편으로 구성되어있다. 필기나 전해지는 이야기 외에도 여성문인 46명의 시 188수, 사 13수, 문 4편이 수록되어있다.

『적적초(適適草)』

심정전의 작품집으로 오강(吳江) 유씨(柳氏)의 초본이 전한다. 1권 안에 오언고시, 칠언고시, 사언시, 오언율시, 칠언율시, 오언절구, 칠언절구, 시여, 곡, 부의 순서로 구성되어있다. 산곡 4수가 수록되어있다.

『청루시화(靑樓詩話)』

청대 뇌진(雷瑨)이 편집한 시화집으로 기녀의 작품만을 모았다.

『청루운어(靑樓韻語)』

명대 주원량(朱元亮)이 편집하고 장몽정(張夢征)이 삽화를 그렸다. 명 만력 44년(1616)에 간행되었으며 원명은 『표경(嫖經)』 또는 『명대표경(明代嫖經)』이다. 역대 기녀 180여명의 시사 작품 500여 수가 수록되어있다.

『태하신주(太霞新奏)』

명대 풍몽룡이 선록한 산곡 선집이다. 총 14권으로 12권까지는 투수를, 나머지 2권은 잡곡(雜曲)과 소령을 수록하였다. 격률과 용운(用韻)을 중시한 작품들 위주로 선별하였으며 작품 뒤에는 평어를 달아 산곡 짓기의 방법이나 관련 전고를 실었다.

명대여성작가총서**❼**산곡
··
오래된 그리움
새로운 정
사랑장부에 모두 담아

지은이 ‖ 서원/외
옮긴이 ‖ 김수희 김지선 정민경
펴낸이 ‖ 이충렬
펴낸곳 ‖ 사람들

초판인쇄 2014. 3. 10 ‖ 초판발행 2014. 3. 15 ‖ 출판등록 제395-2006-00063 ‖ 주소
경기도 고양시 덕양구 화정동 902-5 찬우물빌딩 303호 ‖ 대표전화 031. 969. 5120 ‖
팩시밀리 0505. 115. 3920 ‖ e-mail. minbook2000@hanmail.net

ISBN 979-11-85501-00-0 93820